Vinte mil léguas submarinas

Júlio Verne

Recontada por Fernando Nuno

Ilustrada por Soud

DCL

DIRETOR GERAL	Rogério Rosa
EDITORA	Rebeca Michelotti
PREPARAÇÃO	Silvana Salerno
REVISÃO	Ricardo Nascimento e Vivian Miwa Matsushita
DIAGRAMAÇÃO:	Anna Yue e Francisco Lavorini

**Texto em conformidade com as regras
ortográficas do acordo da língua portuguesa**

**Dados Internacionais de Catalogação na Publicação (CIP)
Angélica Ilacqua CRB-8/7057**

N931V
    Nuno, Fernando.
      Vinte mil léguas submarinas / obra de Júlio Verne
recontada por Fernando Nuno ; ilustrações de Rogério Soud.
-– São Paulo : DCL, 2024.
144 p. (Correndo mundo)

    ISBN 978-65-5658-275-7

    1. Literatura infantojuvenil I. Título II. Verne, Jules,
1828-1905 III. Soud, Rogério

23-6891   CDD 028.5

Índices para catálogo sistemático:

1. Literatura infantojuvenil

1ª edição

Editora DCL
Av. Marquês de São Vicente, 1619 – 26º andar – Conj. 2612
Barra Funda – São Paulo – SP – 01139-003
Tel.: (11) 3932-5222
www.editoradcl.com.br

Seja em solo firme, seja no mar oceano,
Seja no topo do ar, seja no fundo da terra.
Seja um arauto da paz que nos livra da guerra
Seja todo dia, todo mês e todo ano,
Seja! Sejamos!

Com um abraço do tamanho de vinte mil léguas,

Fernando Nuno

A atração pelo mar

Estamos no ano de 1866. Ainda não existem automóveis, aviões, computadores... nem celulares! No fundo do mar, porém, o capitão Nemo vive em um incrível aparelho submarino, o *Náutilus*. Pouquíssimas pessoas imaginam que seja possível construir um barco capaz de navegar embaixo do oceano. O mundo se assusta ao saber da existência dele e de seus misteriosos tripulantes.

O capitão Nemo é um humanista, um homem preocupado com as pessoas humilhadas e perseguidas. No entanto, uma grande vingança parece estar nos seus planos. O *Náutilus* se tornou uma ameaça e é preciso destruí-lo. Neste livro, vamos entrar nele e fazer uma viagem de oitenta mil quilômetros (vinte mil léguas), conhecendo os segredos do mar, até o desfecho surpreendente da aventura.

O escritor francês Júlio Verne imaginou em seus livros várias invenções que ainda não existiam em seu tempo. Entre suas grandes obras está *Vinte mil léguas submarinas*, que estou recontando neste livro, na linguagem de hoje. A coleção *Correndo Mundo* traz para você as principais obras da literatura que nos levam a conhecer outras terras, outras gentes, recontadas de modo a preservar o seu encanto e atualidade. Ler e imaginar coisas como essas também é uma grande viagem!

Fernando Nuno

P.S. Não deixe de ler as observações e explicações que estão no fim deste volume! Você vai ver quanta coisa importante ainda podemos descobrir.

Sumário

1. O mistério do rochedo que se move

O ano de 1866 ficou marcado por um acontecimento inexplicável. As pessoas que moravam no litoral estavam assustadas. Os marinheiros sentiram medo nos navios. Até quem vivia longe do mar sentiu uma ponta de receio ao escutar a notícia. Os governos de vários países se reuniram para tomar providências.

Alguns marinheiros viram "uma coisa enorme", mas não conseguiam dizer o que era. Parecia um objeto comprido, às vezes fosforescente, maior e mais rápido que uma baleia. Os cientistas não chegavam a nenhuma conclusão.

Havia quem dissesse que a tal coisa tinha duzentos metros de comprimento, outros juravam que media mais de um quilômetro. Surgiram as ideias mais absurdas sobre o objeto estranho. Mas ele existia mesmo ou seria tudo imaginação? Afinal, os marinheiros ficavam muito tempo no mar, vendo só água e mais água que não acabava mais.

Em 20 de julho de 1866, um navio a vapor inglês avistou a "coisa" ao norte da Austrália. O piloto pensou que fosse um rochedo que se movia no mar! O objeto não identificado lançou dois jatos de água até cinquenta metros de altura, e o capitão concluiu que devia ser um monstro marinho ou um tipo desconhecido de baleia.

Três semanas depois, outros dois vapores avistaram o monstro no oceano Atlântico, e estimaram seu comprimento em cem metros. As maiores baleias têm pouco mais de trinta metros, e a imensa maioria dos dinossauros nem chegava a isso. Imaginem então a descoberta de um novo tipo de baleia tão grande! Além de tudo, ele era muitíssimo veloz em suas andanças.

O animal estranho entrou na moda: surgiram músicas sobre ele, os jornais entrevistaram cientistas, os humoristas fizeram piadas, até uma peça de teatro foi escrita. As revistas lembraram a história de *Moby Dick*. O Instituto Histórico e Geográfico Brasileiro, o Instituto Smithsoniano dos Estados Unidos e as academias da Inglaterra, da França e de outros países dedicaram estudos à "questão do monstro".

Numa comédia de teatro, o herói atravessou a fera no palco com uma espada de papelão, o público riu e... o monstro parou de aparecer.

Em abril de 1867, o assunto parecia esquecido, quando... No dia 13, o navio de passageiros *Escócia*, que viajava de Halifax, no Canadá, para Liverpool, na Inglaterra, se encontrava a 45°37' de latitude norte e 15°12' de longitude oeste, no oceano Atlântico. Suas rodas batiam o mar calmo num ritmo regular e perfeito. Às quatro horas e dezessete minutos da tarde, os passageiros que faziam um lanche no salão sentiram um leve choque a bombordo.

Alguns tripulantes chegaram a gritar:

– Estamos afundando!

O navio fora atingido por uma ponta perfurante. Os passageiros se apavoraram, mas o capitão Anderson os tranquilizou: o casco do navio era dividido em sete compartimentos estanques. Se entrasse água num deles, ela não passaria para as outras partes do navio. Assim, o estrago não impediu o navio de prosseguir viagem para Liverpool.

Os engenheiros verificaram que o buraco, em forma triangular, era tão perfeito que parecia realizado por um instrumento muito preciso.

A partir daí, qualquer acidente no mar, por menor que fosse, passou a ser atribuído ao misterioso monstro. A opinião pública se inflamou: viajar de navio era perigoso e o estranho animal devia ser exterminado.

Enquanto isso, eu me achava numa expedição científica aos Estados Unidos. Também fiquei intrigado com o mistério. Havia duas teorias: alguns pensavam se tratar de uma fera de força descomunal; outros falavam em uma máquina nova, um "submarino".

Como autor do livro *Mistérios das profundezas submarinas*, fui entrevistado pelo *New York Herald*, que me apresentou como "o ilustre professor Pierre Aronnax, do

Museu de História Natural do Jardim Botânico de Paris". Estas foram as minhas declarações:

"Sabe-se pouco sobre as profundezas do mar. É perfeitamente possível que de quando em quando algumas das criaturas que vivem ali subam à superfície. Podemos admitir a existência de um animal marinho até agora desconhecido e muito poderoso. Tendo em vista os animais já classificados, acredito que se trate de um narval gigante.

O narval é um cetáceo dotado de uma protuberância na cabeça. Essa verdadeira espada perfurante é um dente comprido, de até dois metros e meio, com a dureza do aço – como os dentes de marfim do elefante. Baleias atacadas por narvais tinham dentes desses cravados no corpo.

Imaginem um narval dez vezes mais forte, que nade a quarenta quilômetros por hora. Uma fera como essa é capaz de produzir uma catástrofe.

Enquanto não surgem novas informações, estou inclinado a acreditar que se trate de uma espécie colossal de unicórnio do mar, com o poder de ataque de um navio de guerra".

A entrevista provocou muita discussão. Para os cientistas, era um animal desconhecido a estudar, para prevenir novos ataques. Já as empresas de navegação defendiam que era necessário destruir o monstro.

O país mais preocupado eram os Estados Unidos. Em Nova York, foi equipado um navio de grande potência, a fragata *Abraham Lincoln*, para caçar o imenso narval.

Porém, como sempre acontece quando se decide perseguir um monstro... ele desapareceu! Os humoristas disseram que o fantástico narval ficou sabendo do que se armava porque havia interceptado os cabos submarinos do telégrafo e conseguia ler as notícias sobre ele.

De repente, em meados de maio, o animal foi avistado novamente no oceano Pacífico. No dia 3 de junho, recebi este convite:

"Ao professor Aronnax,
Hotel Quinta Avenida,
Nova York.

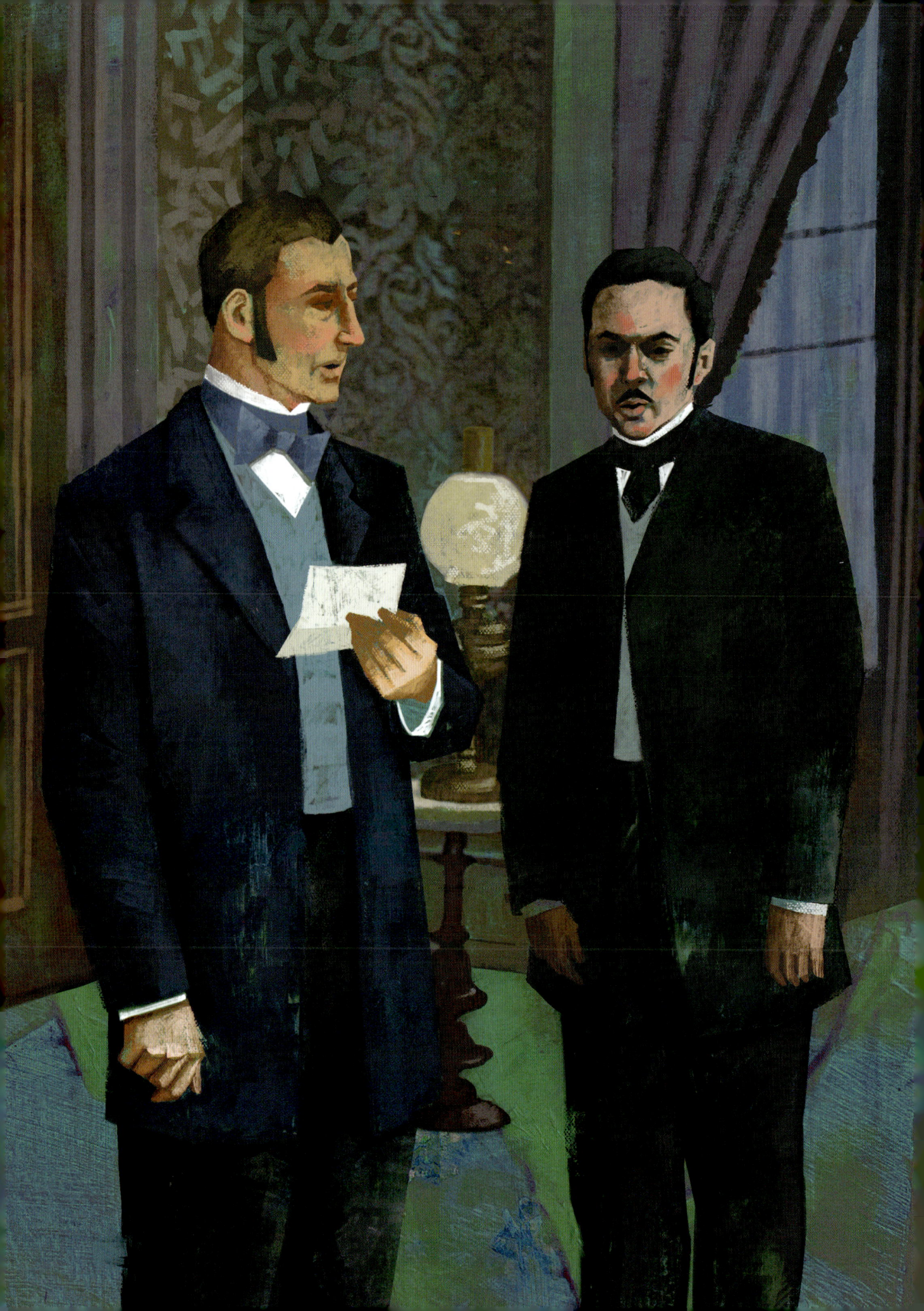

O governo dos Estados Unidos terá grande satisfação em recebê-lo como representante da França na expedição do *Abraham Lincoln*, que partirá dentro de três horas do porto de Nova York.

Cordialmente,
J. B. Hobson,
secretário da Marinha".

2. O embarque

Eu sonhava em voltar ao meu pequeno gabinete no Jardim Botânico de Paris, mas esqueci tudo, o cansaço, os amigos, o trabalho, e aceitei o convite sem pestanejar. Pensei: "Trarei um pedaço de meio metro do marfim do unicórnio do mar para o acervo do Museu de História Natural".

Chamei o meu devotado assistente pessoal:

– Conseil!

Nunca conheci ninguém tão eficiente como ele. Nunca se cansava, não reclamava de nada. Quando eu pedia que aprontasse as malas, elas já estavam prontas. Além de tudo, sabia classificar espécies animais e vegetais como ninguém. E o melhor era que, apesar de se chamar Conseil, que em francês significa "Conselho", nunca vinha me dar conselhos que eu não pedisse.

Conseil tinha trinta anos. Sua idade estava para a minha assim como a de uma pessoa de quinze está para uma de vinte. Desse modo, não preciso contar que tenho quarenta anos.

Falei da nossa partida imediata e avisei:

– Já ouviu falar no monstro dos mares? Nós vamos atrás dessa criatura perigosa. Trata-se de uma missão científica relevante. Mas é importante que você saiba: esses animais são caprichosos, nem sempre se consegue voltar desse tipo de viagem.

– Como o senhor preferir...

Na bagagem não faltava nada; Conseil sabia classificar as camisas e as calças tão bem como fazia com as espécies da natureza.

O capitão Farragut me deu as boas-vindas e me levou até minha bela cabine no *Abraham Lincoln*. Era um navio leve, uma fragata, que podia atingir trinta e cinco quilômetros por hora.

Partimos às três horas da tarde. À noite, navegávamos a todo o vapor no oceano Atlântico.

A aventura que vivemos a partir desse dia foi tão extraordinária que algumas pessoas ainda não acreditam nela. A sua história está fielmente relatada neste livro.

3. Ned Land

O excelente capitão Farragut e o *Abraham Lincoln* pareciam uma coisa só, como se o navio fosse o corpo e o capitão, a alma.

A fragata estava equipada para a pesca da baleia, levando até um canhão. Mas a principal arma do navio se chamava Ned Land, um marinheiro canadense considerado o melhor arpoador do mundo.

Homem de seus quarenta anos, Ned Land tinha habilidades fora do comum. Seu olhar penetrante parecia um telescópio a devassar as águas. Somente uma baleia ou um cachalote cheio de recursos conseguia escapar do seu arpão. Ned, porém, não acreditava nas histórias sobre o monstro.

Os canadenses têm um pouco de franceses, talvez por isso logo fizemos amizade. Eu adorava escutar as histórias de Ned passadas no mar, que ele contava de forma poética, fazendo lembrar Homero, o poeta grego da *Ilíada* e da *Odisseia*. Mais tarde, a nossa amizade se consolidou em meio a episódios apavorantes, na longa viagem das vinte mil léguas.

Alguns dias depois de passar pelo trópico de Capricórnio, na bela tarde de 30 de junho, a fragata navegava ao longo da Patagônia, na Argentina. Ned Land e eu conversávamos sobre o narval gigante.

— Mestre Land, você conhece animais marinhos incríveis que as outras pessoas nunca viram. Como pode duvidar da existência de uma fera que tanta gente já avistou, e que até já atacou outro navio?... — perguntei.

– Um narval pode perfurar um barco de madeira, mas não um navio de ferro. O senhor, que é professor, acredita nisso?

– Pois acredito sim, Ned. Um animal assim pode perfeitamente existir quilômetros abaixo do nível do mar. Imagine como deve ser resistente uma criatura que sobrevive nessas condições de pressão e temperatura... Imagine também o estrago que ela pode fazer no casco de um navio...

– Será, professor?... – duvidava Ned.

Para mim, o monstro era um cetáceo, sem dúvida. Se era baleia, cachalote ou narval, isso só se poderia dizer quando fosse apanhado. E somente um arpoador experiente como Ned Land poderia fazer isso. Mas antes de pegar o animal era necessário encontrá-lo...

Para sair do oceano Atlântico e entrar no Pacífico, teríamos de passar pelo estreito de Magalhães, que separa a Terra do Fogo do continente sul-americano. Porém, como o estreito é muito sinuoso, o capitão Farragut preferiu dar a volta pelo sul. Os marinheiros se divertiram dizendo que o monstro era tão grande que não caberia no estreito de Magalhães.

Bastava alguém avistar um esguicho ao longe, que os marinheiros pegavam as lunetas correndo ou franziam os olhos para ver melhor. Ned Land passava dois terços do tempo lendo algum livro ou dormindo na cabine. Ele parecia ter razão. Nossa rota era aleatória, a probabilidade de toparmos com o monstro era pequena.

O comandante Farragut decidiu que seria melhor navegar em águas mais profundas, mais distantes dos continentes. Passamos perto das ilhas Sandwich (que depois passaram a se chamar Havaí), seguindo na direção do ponto em que o monstro surgira da última vez. Todos estavam ansiosos, quase ninguém conseguia mais comer nem dormir.

A reação a esse nervosismo todo não demorou. Depois de quatro meses percorrendo cada canto do Pacífico atrás de qualquer baleia que surgia, toda a área do Japão à costa dos Estados Unidos havia sido explorada. E nada! Nada que se parecesse com um narval gigante ou com uma ilha rasa, comprida e pontuda!

O desânimo tomou conta de todos. Ninguém mais acreditava na história. Todos achavam que haviam sido feitos de bobos e surgiam discussões por qualquer ninharia.

O capitão Farragut insistiu em continuar. No dia 2 de novembro, ele fez o mesmo que Cristóvão Colombo séculos antes: pediu três dias de paciência. Se o monstro não aparecesse nesse prazo, o *Abraham Lincoln* regressaria.

Todos voltaram a se animar, e nunca o oceano foi vasculhado por olhos tão atentos. Tudo servia para chamar a atenção do monstro. Pedaços enormes de toicinho foram pendurados na popa do navio. Quem gostou disso foram os tubarões, nem preciso dizer...

No dia 5 de novembro ao meio-dia, expirava o prazo pedido pelo capitão. Às onze e meia, estávamos a 31°15' de latitude norte e 136°42' de longitude leste, a menos de quatrocentos quilômetros do Japão, quando se ouviu o grito de Ned Land:

– Lá...! Ele está lá!

4. Uma baleia de espécie desconhecida

A coisa estava a vários quilômetros, e a fragata se aproximou dela devagar, com cuidado. O dia escureceu cedo. A duzentos metros do *Abraham Lincoln*, a estibordo, o mar parecia iluminado por um farol colocado no centro do monstro, que tinha um formato bem alongado.

– Ele está vindo na nossa direção! – gritou um oficial.

O objeto sobrenatural tinha o dobro da nossa velocidade. Ele rodeou a fragata como se estivesse brincando, depois se afastou uns três quilômetros. Então se virou e veio em nossa direção a uma velocidade inacreditável. Parou de repente a uns seis metros e apagou a luz. Em seguida seu farol reapareceu do outro lado, como se tivesse deslizado por baixo de nós. Não respirávamos, de tão assustados. O animal poderia perfeitamente nos atacar, mas preferia brincar conosco.

– Não quero me arriscar no escuro – disse o capitão. – Vamos esperar o sol raiar para decidir o que fazer. Esse narval gigante com certeza é elétrico, como os peixes-elétricos.

À meia-noite, ele desapareceu. Daí a uma hora, escutamos uma espécie de assobio ensurdecedor a quilômetros de distância.

– Ned – perguntou o capitão –, não parece o silvo de uma baleia quando sopra água para o alto?

– Sim, só que é muito mais forte. Vou ter uma conversa séria com esse cetáceo quando o dia clarear – disse Ned Land.

– Se ele estiver de bom humor para escutar a sua conversa... – comentei.

– Quando eu estiver com o arpão, ele não vai poder fingir que não escuta...

Às oito horas, quando a bruma da manhã se dissipou, pudemos ver um corpo escuro e comprido que emergia quase um metro acima do nível da água, a dois quilômetros de nós. A fragata se aproximou do cetáceo. O comprimento dele era de pouco menos de oitenta metros. As medições feitas pelos outros navios eram exageradas.

De repente, o monstro lançou dois jatos de vapor a uma altura de quarenta metros. Concluí que se tratava de um animal vertebrado, da classe dos mamíferos, subclasse dos monodelfininos, grupo dos pisciformes, ordem dos cetáceos, família... Não consegui terminar. Os cetáceos compreendem três famílias: baleias, cachalotes e golfinhos. Os narvais são da família dos golfinhos. Conseil me ajudaria a completar a classificação.

Ouviu-se a voz do capitão Farragut:

– Em frente, a todo o vapor!

O convés tremeu com a força dos motores. O *Abraham Lincoln* avançou para o monstro, que parecia indiferente até então, mas começou a fugir. No entanto, ia sem pressa, mantendo a distância.

– Aumentem a velocidade! – ordenou o capitão.

O navio atingiu trinta e três quilômetros por hora. O maldito animal também se pôs a nadar a trinta e três quilômetros por hora!

Seguimos nessa toada durante uma hora, sem diminuir em um centímetro a distância que nos separava dele. Aquilo era humilhante para um dos navios mais velozes dos Estados Unidos! A tripulação se sentia injuriada. O comandante Farragut não se contentava em puxar a barba; também havia começado a mordê-la!

Ele mandou o maquinista aumentar ainda mais a pressão dos motores. O navio começou a estalar. Os mastros tremiam, a fumaça do carvão se comprimia nas chaminés.

– Conseil, você percebeu que provavelmente vamos explodir?

– Como o senhor preferir... – respondeu o meu assistente, impávido.

– Estamos a trinta e seis quilômetros por hora, comandante! – gritou o maquinista no meio da barulheira infernal.

– Ponha mais força! – ordenou o capitão.

Mas o cetáceo também "pôs mais força". Sem esforço nenhum, ele passou a nadar a trinta e seis quilômetros por hora. O comandante gritou, furioso:

– Vou perseguir esse animal até a minha fragata saltar pelos ares!

Ao meio-dia, ele mandou disparar com o canhão. A primeira bala passou por cima do cetáceo.

Um velho marinheiro de barba branca e rosto calmo (ainda consigo ver a cara dele) mudou a posição do canhão, mirou durante muito tempo e finalmente disparou. A bala atingiu o alvo, mas deslizou sobre o corpo roliço do animal e foi cair na água.

– Se chegarmos a uma distância suficiente, posso atirar o arpão daqui mesmo, sem descer para o escaler – gritou Ned Land.

Mas as horas passavam, e o animal seguia sempre no mesmo ritmo. Às dez da noite, ele parou, emitindo seu forte brilho na água. Estaria cansado? Afinal, não era uma máquina capaz de competir com a fragata.

O *Abraham Lincoln* avançou lentamente, para não o acordar. Não é raro topar com baleias dormindo no oceano. Ninguém respirava. Ned Land avançou devagar pelo convés. A seis metros do animal, a mão dele se estendeu com força, jogando o arpão.

Pelo som, percebi que ele tinha atingido um corpo rígido. A luz se apagou de repente, e dois jatos fortes de água atravessaram toda a fragata, da proa até a popa, derrubando os marinheiros e arrebentando as cordas dos mastros. Sem tempo de me segurar, fui jogado na água.

Comecei a nadar, desesperado, até que alguém me segurou e disse:

– O senhor pode se apoiar no meu ombro.

– Conseil! Você também caiu na água...

– Não, senhor. Como seu assistente, eu me joguei atrás do senhor...

Ele dizia isso como se fosse a coisa mais natural do mundo...

– E a fragata? – perguntei.

– Deve estar à deriva – respondeu Conseil. – Os dentes do monstro quebraram a hélice e o leme do *Abraham Lincoln*. Agora, se o senhor me dá licença...

O sangue-frio de Conseil me impressionava. Ele tirou uma tesoura sabe-se lá de onde e cortou as minhas roupas, para que eu pudesse me livrar delas e nadar sem dificuldades. Devolvi o favor, fazendo o mesmo com as roupas dele.

Mas isso não resolvia a situação. Estávamos perdidos, sem ter onde nos agarrar. Para não gastarmos forças ao mesmo tempo, enquanto um de nós boiava era puxado pelo outro, que nadava. A cada dez minutos trocávamos de posição. Mas por quanto tempo aguentaríamos assim?...

Logo fiquei exausto e senti fortes cãibras. Pouco depois, Conseil começou a ofegar. Ele não iria resistir por muito mais.

A lua surgiu entre as nuvens, e enxergamos a fragata ao longe. Conseil gritou:

– Socorro! Socorro!

Uma voz respondeu, distante. As minhas forças estavam no limite e desmaiei...

Quando recobrei os sentidos, alguém friccionava o meu peito. Reconheci o arpoador, à luz da lua.

– Ned! É você?

– Sim, professor. Eu caí em cima do narval gigante! O meu arpão não conseguiu perfurar o couro dele. Ele é feito de aço!

Só então percebi que estávamos sobre um objeto grande e rígido. Tateando com o pé, senti que era uma coisa metálica e lisa.

Não havia dúvida possível! Aquele animal, o fenômeno que tinha intrigado cientistas do mundo inteiro e confundido os marinheiros, era uma coisa mais incrível ainda, um aparelho fabricado por mãos humanas. Estávamos em cima de algo inédito, um barco submarino de aço.

– Mas então... este aparelho deve ter um motor e uma tripulação lá dentro... – pensei em voz alta.

– Parece que sim... – respondeu o arpoador. – Mas já estou há horas em cima disto, e ele não deu sinal de vida.

Nesse momento, a água começou a borbulhar atrás do monstro, como se uma hélice tivesse passado a funcionar. Ele se moveu lentamente.

– Tomara que não decida mergulhar... – disse Ned Land.

Para piorar, a lua sumiu entre as nuvens e a escuridão aumentou. O objeto navegava a uns vinte quilômetros por hora. Ned encontrou uma argola no casco e nos agarramos a ela com toda a força. A muito custo conseguíamos nos segurar.

Tenho uma recordação confusa: parecia que de dentro do aparelho vinha um som musical, mas talvez fosse o ruído das ondas e do vento.

Quando o sol raiou, o monstro começou a mergulhar. Ned bateu com força no casco de aço, gritando.

A coisa parou de submergir. Ouvimos um barulho de ferragens. Uma placa do casco foi erguida por um homem. Três rapazes fortes surgiram e nos levaram para dentro sem dizer nada.

5. A ira de Ned Land

Quem seria aquela gente? O que fariam conosco? Fomos levados para um compartimento fechado e sem luz. Tateando, Conseil e eu medimos o lugar. Tinha uns seis metros de comprido por três de largo. Ned era alto, mas não conseguiu alcançar o teto. No centro, havia uma mesa de madeira e algumas cadeiras.

Meia hora depois, a luz de um globo no teto se acendeu. Pisquei várias vezes para me acostumar com a luz. Uma porta se abriu e entraram dois homens. Um deles era troncudo e musculoso. O outro, que aparentava calma e grande energia, devia ser o líder. Tanto podia ter trinta e cinco como cinquenta anos de idade, e seus olhos penetrantes pareciam ver tudo. Com certeza, aquele foi o homem mais admirável que já conheci.

Eles usavam barretes de pele de lontra marinha, e suas botas eram de pele de foca. As roupas eram de um tecido flexível, que permitia liberdade de movimentos.

O homem que parecia ser o líder disse algo para o outro numa língua que eu não conhecia. Perguntei, em francês, quem eram eles, mas pareceram não me entender. Decidi dizer os nossos nomes e contar toda a nossa história até ali, falando devagar.

O líder me escutou com atenção, mas não respondeu nada. Decidi tentar a comunicação também em inglês e pedi ao arpoador:

– Vamos lá, Ned. Gaste todo o seu inglês.

Ele não se fez de rogado. Contou a mesma história, mas com muito mais animação. Reclamou de estar preso ali e deu a entender, com um gesto bem expressivo, que estávamos morrendo de fome – o que era a mais pura verdade.

Mas nem o inglês adiantou. Finalmente, juntei o que lembrava do latim da escola e tentei contar mais uma vez as nossas aventuras. O resultado foi o mesmo: nada. Os dois estranhos trocaram algumas palavras na sua língua estranha e saíram, fechando a porta.

Logo depois, entrou um camareiro e nos entregou roupas de um material que não identifiquei. Em seguida, pôs a mesa para três pessoas.

– O que vão nos oferecer? Fígado de tartaruga, filé de tubarão, bisteca de água-viva? – disse Ned Land, mal-humorado.

O rapaz nos serviu água puríssima. Os pratos eram de porcelana fina e os talheres, de prata; parecia que estávamos num hotel de luxo, como o Adelphi, de Liverpool, ou o Grand-Hôtel, de Paris. Os peixes eram deliciosos, mas não consegui identificar se as outras comidas seriam do reino vegetal ou do animal. Mesmo assim, tudo estava muito bem preparado e saboroso. A louça e os talheres tinham a letra "N" gravada. O que significaria?

Na vida tudo passa, até a fome de quem ficou quinze horas sem comer. Com o apetite satisfeito, veio o sono. Conseil e Ned se estenderam no tapete do chão. Minha cabeça estava cheia de perguntas. De onde vinha a energia daquele aparelho? Como ele podia navegar embaixo da água, ao contrário dos outros navios? Pouco a pouco, vislumbrei animais submarinos estranhos. Era o terreno dos sonhos.

Fui o primeiro a acordar, mas a respiração era difícil. Tínhamos consumido quase todo o oxigênio daquele ambiente fechado. Isso me levou a outra pergunta: como aquele barco obtinha ar respirável embaixo da água?... Teria ele algum maquinismo capaz de converter o gás carbônico em oxigênio, como as plantas? Ou subia à superfície do mar como qualquer cetáceo para respirar?

De repente, a brisa refrescante entrou. Enchi bem os pulmões. O monstro de aço tinha subido à superfície para respirar, como as baleias. O seu modo de ventilação era, portanto, bem comum. Acima da porta havia uma pequena ranhura para arejar o ambiente.

Ned e Conseil despertaram.

– Já é hora de jantar?... – perguntou o arpoador, estremunhado.

– O senhor acha que eles vão nos manter presos por muito tempo nesta baleia de ferro? – perguntou Conseil.

– Sei menos ainda que você – respondi –, mas acho que o acaso nos fez ficar conhecendo um segredo importante. Vamos esperar com calma para ver o que acontece.

– Discordo, professor – disse Ned. – Temos de escapar daqui, e já! Este barco não deve ter mais de vinte homens. Não são eles que vão amedrontar dois franceses e um canadense...

– Não se precipite, Ned – pedi. – Temos de agir com astúcia e paciência.

Ouvimos o som de passos. A trava da porta foi aberta e o camareiro entrou. De repente, Ned Land se precipitou para apertar o pescoço dele. Conseil e eu tentamos impedi-lo de fazer isso, mas fiquei paralisado ao ouvir estas palavras, ditas em francês perfeito por outro homem, que entrava:

– Acalme-se, mestre Land. O senhor também, professor.

6. O homem das águas

Ned Land estacou, e o camareiro aproveitou para escapar.

– Senhores, eu falo tanto o francês como o inglês e o latim – disse o homem. – Antes queria saber quem são, mas agora sei que o acaso colocou diante de mim o professor Pierre Aronnax, do Museu de História Natural de Paris, o seu assistente Conseil e Ned Land, canadense, arpoador da fragata *Abraham Lincoln*, da marinha dos Estados Unidos. Eu queria refletir bem antes de tomar qualquer atitude. Os senhores vieram perturbar a minha existência...

– Não foi por nossa vontade... – comentei.

– Como assim, não foi por sua vontade?... – ele ergueu a voz. – Não foi de propósito que o *Abraham Lincoln* me caçou através dos mares? Não foi por sua vontade que os senhores embarcaram nele? Então foi sem querer que dispararam balas de canhão contra mim? Não foi de propósito que mestre Ned Land me atirou o arpão?

Ele estava certo. Via-se que continha a irritação. Apressei-me em responder:

– O senhor com certeza não conhece as inúmeras hipóteses que tentam explicar o segredo deste seu aparelho. Nós todos pensávamos estar caçando um monstro marinho que devia ser destruído para os navios voltarem a viajar tranquilamente.

– Professor Aronnax, quer dizer que não teriam dado tiros de canhão em mim se soubessem que se tratava de um navio submarino em vez de um animal monstruoso?... – perguntou ele.

Eu não soube o que responder. O capitão Farragut teria destruído aquele aparelho, mesmo se soubesse que não era um narval.

– Como podem ver, senhores – continuou o homem –, tenho o direito de tratá-los como inimigos. Eu poderia deixá-los no casco do meu navio, submergir e esquecer que os senhores existiram algum dia. Não estaria no meu direito de inimigo?

– Seria o direito de um selvagem, não o de um homem civilizado – respondi.

– Professor, eu não sou o que chamam de homem civilizado! Rompi relações com a sociedade por razões que só eu posso avaliar. Portanto, não estou sujeito às suas regras.

Depois de um instante, ele prosseguiu:

– Hesitei, mas todo ser humano tem o direito de ser poupado. Os senhores permanecerão a bordo, uma vez que a fatalidade os trouxe até aqui. Porém, caso surja algum imprevisto, deverão ficar fechados em suas cabines pelo tempo que seja necessário. Não pretendo usar violência, e espero que me obedeçam sem questionar.

– Então não poderemos mais ver nossa família, nossos amigos...

– Exatamente!

– Isso é crueldade – acusei.

– Pelo contrário, é generosidade, professor. Foram os senhores que me atacaram. Agora sabem um segredo que ninguém deveria conhecer e ainda acreditam que vou deixá-los sair?

Não havia como argumentar contra isso, mas perguntei:

– Então, a nossa única escolha é entre a vida e a morte?

– Exatamente!

Depois, em tom menos hostil e até amistoso, ele disse:

– Professor Aronnax, eu conheço o seu livro sobre os mares. O senhor compilou tudo o que a ciência conhece sobre o mundo marinho. Mas ainda não sabe tudo, não viu tudo. O tempo que viver aqui dentro não será perdido. Vamos começar uma volta ao mundo pelo fundo do mar. Este é o verdadeiro país das maravilhas. O senhor poderá conhecer os segredos mais íntimos dos mares, que nenhum homem viu até hoje, além da minha tripulação e de mim, é claro.

Com essas palavras, o comandante tocou no meu ponto fraco. Para concluir, perguntei:

– Como devo chamar o senhor?

— Eu sou o capitão Nemo.

Um camareiro entrou. O capitão Nemo virou-se para Conseil e Ned Land:

— A refeição está servida na sua cabine. Acompanhem o camareiro. – Depois, disse para mim: – Professor, nós também precisamos nos alimentar.

— Às suas ordens.

Entramos num corredor iluminado e outra porta se abriu dali a dez metros. A sala de refeições era mobiliada e decorada com fino gosto. Nos armários de carvalho incrustado de ébano, viam-se pratos de porcelana e cristais valiosíssimos. A baixela de prata brilhava à luz que vinha do teto decorado.

Logo me acostumei ao sabor daquelas iguarias do mar. O capitão explicou:

— Os nossos ingredientes são saudáveis e nutritivos. Aqui, temos saúde e vigor. Basta jogar a rede na água. Os rebanhos do velho Netuno, o deus do mar, pastam na minha imensa propriedade. Nesta mesa não se serve carne de animais de terra firme.

— O que é isto, capitão?

— É conserva de pepino-do-mar. O creme é de leite de baleia. Como sobremesa, teremos uma especialidade deliciosa: doce de anêmona-do-mar, adoçado com açúcar da alga chamada fuco.

O capitão continuou dando explicações durante a refeição:

— Não é só alimento que o mar nos dá. As roupas também vêm dele. O tecido é feito de filamentos de moluscos marinhos. As cores púrpura e violeta são de corantes extraídos de lesmas-do-mar. Os perfumes do banheiro são destilados de plantas marinhas. O seu colchão é de zostera, a alga mais macia do oceano. Eu tiro tudo do mar, e um dia tudo voltará a ele.

— O senhor ama o mar.

— Como disse um poeta, o mar é o infinito vivo. Nele, nunca estamos sós. Aqui, existe a maior variedade dos reinos mineral, vegetal e animal. Ele é a maior reserva da natureza. Foi no mar que a vida começou, e quem sabe se não será nele que tudo terminará? No mar, não há reis nem ditadores. Só aqui existe independência! Aqui não existem donos! Aqui eu sou livre!

Nunca vi ninguém tão entusiasmado. Ao fim da refeição, o capitão Nemo convidou:

– Vamos visitar o *Náutilus*, professor.

Ele me levou à biblioteca. As estantes de madeira eram repletas de livros encadernados, um tesouro! No centro, havia uma grande mesa de estudo e poltronas confortáveis. A luz de quatro globos no teto inundava o ambiente harmonioso.

– O senhor deve ter uns sete mil livros aqui, não? – perguntei.

– Doze mil, professor. Eles são a única coisa que me mantém ligado à terra firme. O mundo acabou para mim quando o meu *Náutilus* navegou pela primeira vez. Naquele dia, comprei os últimos livros e jornais. Para mim, nada mais foi pensado nem escrito desde então.

Os livros eram em várias línguas; o capitão Nemo devia ler com a mesma facilidade em qualquer idioma. Havia obras sobre quase todos os assuntos. Só faltavam livros a respeito de economia política; pelo visto, esse tema era proibido a bordo. Ali estavam todas as obras-primas da humanidade, desde as mais antigas, como a *Ilíada* e a *Odisseia*.

Uma porta se abria da biblioteca para uma sala grande e bem iluminada, com dez metros de comprimento, seis de largura e cinco de altura. Era um verdadeiro museu, repleto de maravilhas.

Havia quadros de grandes pintores, como Rafael, Leonardo da Vinci, Rubens e Delacroix, além de belas estátuas da Antiguidade, de mármore e de bronze, sobre pedestais refinados.

– Fui um colecionador insaciável de obras de arte – disse o comandante do *Náutilus*, orgulhoso.

– E a música?... – perguntei, ao ver as partituras de Mozart, Beethoven, Haydn e outros compositores sobre um grande instrumento de teclado.

– A música me faz lembrar que eu estou morto para a vida lá em cima – respondeu ele, parecendo mergulhar num sonho.

Além das obras de arte, ali estavam raridades da natureza: plantas, conchas e outros dons do oceano. No meio do salão, uma luz forte, do alto, iluminava uma concha imensa, de três metros de circunferência. Dentro dela, em caixas de vidro dispostas em círculo, viam-se preciosidades como as mais lindas conchas de madrepérola, de múltiplos formatos, algas ressecadas e corais multicoloridos. Seria impossível calcular o valor daquela coleção. Imaginem a minha admiração, como professor de história natural...

— Esses achados foram recolhidos pessoalmente por mim – disse o comandante – em todos os mares do mundo.

— Nenhum museu da Europa tem uma coleção como essa – comentei. – Mas eu estou mais admirado ainda com o seu navio. Não se preocupe, não quero saber os seus segredos! Mas confesso que estou muito curioso sobre o funcionamento deste aparelho, como ele pode ser manobrado, qual é a energia que o movimenta...

— Professor, antes venha conhecer os seus aposentos.

O capitão Nemo me guiou até uma pequena cabine com banheiro e móveis elegantes. Em seguida, disse:

— Venha conhecer também o meu refúgio.

A cabine do capitão era simples como a cela de um monge: a cama de ferro, a mesa de trabalho, alguns quadros, a mobília básica e simples. Nada de conforto. Só o estritamente necessário.

7. O poder da eletricidade

Os instrumentos de navegação do *Náutilus* ficavam no salão maior.

— Com eles, sei exatamente em que parte do oceano estamos e para onde vamos — disse o capitão, apontando para as paredes. — Alguns o senhor já conhece, como o termômetro, que mostra a temperatura interna, o barômetro, que mede a pressão do ar e prevê as mudanças de tempo, o higrômetro, que indica a umidade do ar, a bússola, que marca a direção da rota, o sextante, que mede a latitude, os cronômetros, que permitem calcular a longitude, e as lunetas, para vigiar o horizonte quando estamos na superfície.

— E o que é este mostrador com um ponteiro?

— É o manômetro. Ele mede a pressão externa e informa a nossa profundidade. Estas sondas indicam a temperatura da água.

Ele fez uma pausa e continuou:

— Existe um agente poderoso, e fácil de usar, que controla tudo a bordo do meu navio. Ele me ilumina, me aquece, é a alma dos meus aparelhos. Esse agente é a eletricidade.

— A eletricidade! — exclamei, surpreso. — Como é possível? Até hoje, nesta nossa era de progresso, o uso da eletricidade é restrito; a potência dela é muito limitada!

— Professor, a minha eletricidade não é igual à que todos conhecem.

— Mas onde o senhor consegue eletricidade suficiente para movimentar o *Náutilus*?

— No mar, professor. Como sabe, no mar existe muito cloreto de sódio, ou seja, o sal. Extraio o sal da água, separo o sódio e o coloco em baterias que armazenam muita energia. Para extrair o sódio, utilizo carvão.

– O senhor tem minas de carvão no fundo do mar?...

– Veremos isso outro dia, professor. Mas lembre-se: eu devo tudo ao oceano. Ele produz a eletricidade, e ela fornece ao *Náutilus* o calor, a luz, o movimento, a vida. Além disso, quando subimos à superfície, a eletricidade bombeia o ar que obtemos para câmaras especiais, onde ele é comprimido e armazenado. Com essa reserva, podemos ficar mais tempo embaixo da água.

– Capitão Nemo, o senhor descobriu uma coisa que os cientistas procuram há tempo, que é o verdadeiro poder da eletricidade. Mas eles chegarão a isso, certamente.

– De qualquer modo, o senhor já viu o primeiro uso prático que fiz dela: é com a eletricidade que acendo as lâmpadas do navio. Veja outra aplicação: este instrumento indica a velocidade do *Náutilus*. Ele está ligado à hélice do motor por um fio elétrico. Neste momento, estamos a vinte e sete quilômetros por hora.

– Isso tudo é maravilhoso. Pelo que vejo, a eletricidade ainda vai substituir o vento, a água e o vapor.

A parte da frente do *Náutilus* media trinta e cinco metros de comprimento; nela ficavam a sala de jantar, a biblioteca, o salão, a cabine do capitão e a minha, além de uma câmara de ar de sete metros e meio. Todos os compartimentos podiam ser vedados hermeticamente. Assim, o navio não seria inundado em caso de infiltração de água.

No centro do *Náutilus*, havia uma espécie de poço com uma escada de ferro, entre dois compartimentos impermeáveis. Ele explicou:

– Lá em cima, tenho um bote para passear e pescar, um escaler.

Na parte de trás, junto ao corredor, Conseil e Ned Land almoçavam numa cabine de dois metros. Depois vinha a cozinha, com três metros, onde aparelhos de destilação forneciam água potável e os alimentos eram preparados em fornos elétricos.

Depois do banheiro, que tinha torneiras de água quente e fria, ficava o alojamento dos marinheiros. A porta estava fechada, por isso não pude calcular quantos tripulantes havia a bordo.

No fundo, depois de outra câmara à prova de água, chegamos à sala das máquinas. Muito bem iluminada, ela tinha pelo menos vinte metros de comprimento e se dividia em duas partes: na primeira estavam os elementos que produziam a eletricidade; na segunda, o mecanismo que transmitia o movimento à hélice.

O capitão explicou:

– Pela força de grandes eletroímãs, a eletricidade atua sobre um sistema de alavancas e manivelas que transmite o movimento ao eixo da hélice, que tem seis metros de diâmetro e gira até cento e vinte vezes por segundo.

– Qual é a velocidade máxima? – perguntei.

– Noventa quilômetros por hora!

– Capitão, eu pude constatar a velocidade do *Náutilus* diante do *Abraham Lincoln*. O seu aparelho submarino é bem mais estreito e comprido que os outros navios; com essa aerodinâmica, pode cortar as águas com mais rapidez.

– Pelo meu projeto, o *Náutilus* é bastante leve. Ele tem dois cascos, um interno e outro externo, ligados por estruturas de aço, em T. Com essa configuração, pode resistir a qualquer ataque como se fosse um bloco de pedra.

– Mas como consegue mudar de direção tão rapidamente? Como o senhor desce para as profundezas e volta à superfície? Posso perguntar essas coisas?...

– Claro, professor... – respondeu ele. – Afinal, o senhor não vai sair daqui... Haverá tempo para aprender tudo.

– Entendo, capitão...

– Para virar a bombordo e a estibordo, uso um leme normal, como qualquer navio. Para submergir, basta encher de água as câmaras de lastro. Para voltar à superfície, expulsamos essa água com a força das bombas. Também tenho dois planos inclinados, presos às laterais; eles podem ser manobrados por alavancas bem fortes para ficar em qualquer posição. Assim, podemos descer e subir numa linha diagonal. Se quero voltar à superfície rapidamente, faço parar a hélice e subo na vertical, como um balão de hidrogênio se erguendo no ar. Quem manobra o navio é o timoneiro, que fica numa cabine envidraçada no alto do casco.

– Como o vidro aguenta a pressão da água?

– Professor, o cristal pode ser frágil em caso de choque, mas tem resistência incrível. Numa experiência feita no mar, placas de vidro de apenas sete milímetros de espessura resistiram à pressão de dezesseis atmosferas. Os vidros do *Náutilus* têm vinte e um centímetros, ou seja, trinta vezes essa espessura... Além disso, para ver na escuridão, temos um farol elétrico potente, que ilumina as águas até quase um quilômetro em redor.

– Parabéns, capitão! Agora... por que o senhor atacou o navio *Escócia*?

– Não foi um ataque, professor. Eu estava navegando a dois metros de profundidade quando o choque ocorreu. Mas soube que o acidente não teve maiores consequências.

– E o confronto com o *Abraham Lincoln*?...

– Professor, lamento o ocorrido, mas fui atacado e precisei me defender. O *Abraham Lincoln* só terá de fazer uns reparos no porto mais próximo.

– Capitão, o seu *Náutilus* é uma das maravilhas do mundo – completei, muito admirado.

– É como se fosse carne da minha carne! – exclamou ele, emocionado. – É o navio perfeito. E eu sou o engenheiro, o construtor e o capitão da máquina que criei.

O capitão Nemo falava com orgulho de sua invenção. Via-se o fogo nos seus olhos, a paixão nos seus gestos... Enfim, perguntei:

– O senhor é engenheiro, capitão?

– Sou, professor. Estudei em Paris, Londres e Nova York.

– E como conseguiu construir o *Náutilus* em segredo?

– Encomendei cada uma das peças usando um nome diferente. Cada parte do navio veio de um país: Inglaterra, França, Alemanha, Estados Unidos... Montei tudo numa ilha deserta, com meus companheiros, todos formados por mim.

– O custo deve ter sido altíssimo. O senhor com certeza é muito rico, capitão.

– Sou mesmo, professor. Eu poderia pagar a dívida da França, por exemplo.

Olhei com espanto para aquele homem incrível.

8. O convite do capitão Nemo

A Terra tem cinco grandes massas de água, os oceanos Ártico, Antártico, Índico, Atlântico e Pacífico. Se eles se esvaziassem, todos os rios que existem na Terra levariam quarenta anos despejando a água necessária para enchê-los.

Eu refletia sobre isso quando o capitão Nemo me convidou a subir pela escada no centro do navio até a plataforma. Ela ficava apenas oitenta centímetros acima do nível da água. Para a frente e para trás, o *Náutilus* parecia um tubo estreito e comprido. As folhas de aço emendadas lembravam a pele dos répteis. Por isso os marinheiros pensavam se tratar de um animal gigante quando o viam.

À frente e atrás, erguiam-se duas pequenas cabines envidraçadas. Na primeira ficava o timoneiro; na segunda, o potente farol elétrico.

– É exatamente meio-dia de 8 de novembro e estamos a quinhentos quilômetros do Japão – informou o capitão, depois de medir a altura do sol com o sextante. – Este será o marco zero de nossa viagem de exploração dos mares.

Descemos para o salão, onde ele apontou para o grande planisfério sobre a mesa:

– Neste mapa, o senhor poderá conferir a nossa rota. Estamos a 30°7' de latitude norte e 137° de longitude leste. Seguiremos para lés-nordeste, a cinquenta metros de profundidade.

Depois que ele saiu, Ned Land e Conseil vieram ao salão. Contei a eles a conversa com o capitão e perguntei:

– E vocês, o que descobriram?

– Não vimos ninguém – respondeu Ned. – Parece que o navio navega sozinho; nem precisa de marinheiros, com essa tal de eletricidade.

– Este navio é uma obra-prima da engenharia moderna. Precisamos conhecer tudo sobre ele antes de pensar em fugir. Muitos cientistas adorariam estar no nosso lugar. Vamos ficar tranquilos e observar tudo com atenção.

De repente, todas as luzes se apagaram. Os painéis de aço deslizaram dos dois lados do *Náutilus*, permitindo ver a água iluminada pelo farol elétrico através de duas grandes vidraças oblongas. A forte armação de aço dava uma resistência quase infinita aos painéis de vidro.

Via-se tudo até um quilômetro em redor. Que espetáculo! Que escritor conseguiria descrever aquilo, os efeitos de luz, as cores e as formas das plantas e dos animais submarinos? Uma escolta formada pelas inúmeras espécies de peixes daqueles mares, cada qual mais bonito e mais veloz que o outro, acompanhava o *Náutilus*.

Nunca tínhamos visto nada igual. Depois que os painéis voltaram a se fechar, continuei a sonhar de olhos abertos por algum tempo. Então, decidi escrever um diário de bordo.

Às seis horas da manhã do dia 11 de novembro, o ar fresco se espalhou pelo *Náutilus*: tínhamos subido à superfície para renovar o oxigênio. Pela escada central, fui à plataforma. O timoneiro dirigia o navio na cabine envidraçada. Respirei deliciado o ar impregnado de sal. Os raios de sol coloriam as nuvens com os tons brilhantes da alvorada.

Cinco dias se passaram sem novidades, até que encontrei este bilhete ao entrar em minha cabine:

"Ao professor Aronnax,
A bordo do *Náutilus*, 16 de novembro de 1867.

O capitão Nemo tem a satisfação de convidá-lo, e a seus companheiros, para participar da excursão à floresta da ilha Crespo, que terá lugar amanhã.

O comandante do *Náutilus*,
capitão Nemo".

Foi uma surpresa, pois o capitão Nemo ficara sumido por vários dias. No entanto, éramos bem alimentados e ninguém nos perturbava.

Lembrei que o capitão não tinha planos de sair da água e resolvi procurar a ilha Crespo no planisfério. Ela estava a 32°40' de latitude norte e 167°50' de latitude leste.

No dia seguinte, vesti a roupa impermeável e fui para o salão, onde o capitão me esperava. Nem ele disse nada sobre seu sumiço nos dias anteriores, nem eu perguntei coisa alguma. Falei apenas isto:

– Estamos prontos. Mas o senhor poderia me dizer por que vamos à floresta da ilha, se tem tanta ojeriza por pisar em terra firme?

– Professor, a minha floresta não tem leões nem onças. Ela não precisa de chuva nem de sol, porque fica no fundo do mar. Mas vamos passear sem molhar os pés... Ah, tome um café da manhã reforçado porque depois só vamos jantar, e bem tarde – informou ele.

Vendo o meu espanto, o capitão continuou:

– O senhor com certeza pensa que estou doido, já que lhe propus conhecer uma floresta embaixo da água... O fato é que poderemos ficar bastante tempo nela, se levarmos conosco a quantidade de ar respirável necessária. Basta vestir um escafandro, que é um traje impermeável. A cabeça fica dentro de uma cápsula de metal, uma esfera de cobre com um visor de vidro. O ar é colocado dentro de um reservatório de ferro que o mergulhador carrega nas costas, como uma mochila. Dois tubos de guta-percha vão dele até um equipamento colocado na boca e no nariz. Um dos tubos recebe o ar liberado por uma caixa na parte de cima do reservatório. O ar expirado vai pelo outro tubo para a parte de baixo. O mergulhador regula com a língua o ar que entra e o que sai. Parece difícil, mas logo nos acostumamos. Como o ar é comprimido, podemos ficar várias horas embaixo da água.

– O senhor não vai me dizer que também encontrou um jeito de caçar com pólvora embaixo da água?...

– Não, professor. Nossos disparos usam a força do ar comprimido, mas também aproveitamos o poder da eletricidade.

Fui chamar Ned e Conseil para vestir as "roupas de passeio".

9. A floresta submarina

Ned Land não gostou da aparência dos escafandros e preferiu não nos acompanhar.

Dois tripulantes nos ajudaram a vestir os trajes impermeáveis e sem costuras, próprios para aguentar pressões consideráveis. Pareciam armaduras flexíveis e resistentes, de duas peças: as calças terminavam em botas grossas, forradas com pedacinhos pesados de chumbo; o casaco tinha lâminas de cobre por cima do tecido, em volta do peito, para os pulmões funcionarem livremente. A liberdade de movimentos era relativamente grande.

O capitão e um dos tripulantes entraram comigo e com Conseil em outro compartimento. A porta se fechou atrás de nós. A água entrou, jorrando de uma torneira. Senti um friozinho subindo pelo corpo até o peito. Outra porta se abriu, e dali a um minuto estávamos pisando o solo marinho.

As lanternas a pilha que carregávamos na cintura iluminavam o ambiente até cem metros de distância. Não senti mais o peso do traje. Era como se estivéssemos caminhando ao ar livre, com a diferença de que parecia uma espécie de ar mais denso.

Eram dez horas da manhã. Os corais estavam cobertos de plantas e animais marinhos de todas as cores e formas, uma festa para os olhos. Fiquei empolgado como uma criança ao ver tudo aquilo. Conseil devia estar tentando classificar todas as espécies que surgiam. O ruído de nossos passos se transmitia a uma velocidade incrível: o som viaja quatro vezes mais rápido na água.

Depois de meio quilômetro, um tapete macio de algas avermelhadas cobria o solo. As algas constituem um prodígio da criação. Elas são as maiores e as menores plantas do mundo: já se contaram quarenta mil algas minúsculas no espaço de cinco milímetros quadrados, e também já se coletou uma que media, sozinha, mais de quinhentos metros.

Quando chegamos a cem metros de profundidade, o capitão Nemo apontou para uma massa escura a pequena distância. Era a floresta no fundo do mar, um dos mais belos lugares dos seus domínios. As plantas maiores pareciam árvores, mas eu nunca tinha visto galhos como aqueles: eram todos virados verticalmente para o alto.

Em vez de folhas, as plantas tinham brotos grandes de formas originais e cores que iam do verde e do vermelho ao marrom e ao cinza. Elas não davam flores, mas ao seu lado víamos buquês de cores vivas. Eram as formas animais, os zoófitos. Como disse um cientista: "Que mundo incrível o fundo do mar, onde é o reino animal que dá flores, e não o vegetal". Mesmo assim, não se distinguia com clareza o que era vegetal do animal. No mundo submarino, as diferenças entre algumas espécies são imperceptíveis.

A certa altura, tomei um susto. Uma aranha-do-mar enorme, de um metro, estava prestes a me atacar. O escafandro me protegia, mas fiquei horrorizado mesmo assim. O assistente de Nemo neutralizou a aranha num segundo, com um disparo de ar comprimido. As patas terríveis se retorceram numa convulsão assustadora.

Chegamos a um vale estreito, a cento e cinquenta metros abaixo do nível do mar. Tínhamos ultrapassado a maior profundidade atingida até então pelo ser humano dentro da água, que era de noventa metros.

Conforme descíamos, a vida vegetal ia desaparecendo mais rapidamente que a animal. Quase não se viam mais plantas, no entanto os zoófitos, moluscos e peixes pululavam.

Às quatro da tarde, finalmente, demos com um paredão de rocha à nossa frente. Eram as escarpas da ilha Crespo; não havia por onde escalar.

A volta foi por um caminho diferente. A trilha íngreme nos levava mais depressa para a superfície. Mesmo assim, a subida não era tão rápida, de modo que a descompressão se fez no tempo certo para não causar lesões internas em nosso organismo. A descompressão rápida demais é fatal para os mergulhadores.

O sol estava baixo no horizonte. A dez metros de profundidade, vimos um cardume de pequenos peixes, mais numerosos e mais rápidos do que os pássaros no ar.

O farol do *Náutilus* surgiu ao longe. Eu estava uns vinte passos atrás do capitão, quando ele se virou de repente, me derrubou e me fez ficar deitado no chão, quase embaixo de uma moita de algas; seu auxiliar fez o mesmo com Conseil.

Alguns corpos enormes passaram acima de nós. Meu sangue gelou! Eram os terríveis tubarões-tintureira, que podem triturar um homem inteiro com suas mandíbulas rígidas como o ferro. Não sei se Conseil pensou em fazer a classificação deles, mas, quanto a mim, observei sem interesse científico nenhum o seu corpo formidável e os seus inúmeros dentes, mais como vítima em potencial que como naturalista.

Felizmente, como esses tubarões enxergam mal, eles seguiram adiante, quase nos roçando com as nadadeiras. Foi um encontro quase tão perigoso como dar de cara com um tigre na selva.

Quando entramos no *Náutilus*, o capitão Nemo fechou a porta externa e apertou um botão. As bombas do navio tiraram toda a água de lastro do compartimento. A porta interna se abriu e entramos no vestiário, mortos de fome e de sono.

10. Reflexões do capitão Nemo

No dia seguinte, dez tripulantes do *Náutilus*, todos fortes e saudáveis, puxavam as redes de pesca na plataforma. Eles eram de vários países europeus. Identifiquei irlandeses, franceses, alguns eslavos e um grego, mas se comunicavam naquela língua que eu não compreendia.

As redes trouxeram meia tonelada de peixes de inúmeras espécies, cores e tamanhos, dos mais saborosos aos mais venenosos. Não faltava alimento no *Náutilus*. Os peixes comestíveis foram divididos em duas partes: alguns seriam consumidos frescos, os outros iriam ser preparados em conserva.

O capitão Nemo apareceu e disse, sem bom-dia nem boa-tarde:

– O oceano age como um ser vivo. Um dia está enraivecido, no outro será gentil e generoso.

Falava como se continuasse uma conversa que nem tínhamos começado:

– O organismo do mar tem pulsação, artérias e veias, como a nossa circulação sanguínea. As correntes de cima para baixo e de baixo para cima são a respiração do oceano. As moléculas da água do mar, aquecidas na superfície, regulam a temperatura das profundezas quando descem. É por isso que nos polos a água só se congela na superfície, permanecendo líquida abaixo da banquisa.

"Pronto!", pensei. "Só falta esse maluco nos levar para um passeio embaixo da calota congelada dos polos!" Ele parecia transfigurado:

– E o sal! Se retirássemos todo o sal do mar e o estendêssemos sobre o globo terrestre, ele formaria uma camada de mais de dez metros de altura. É graças a ele que a água do mar não evapora rápido demais. – Ele fez uma pausa e prosseguiu: – E os animaizinhos, os animálculos, os infusórios! São bilhões e bilhões. Uma simples gota de água contém milhões deles. É a vida, mais exuberante que em todos os continentes!

Depois de fazer um gesto brusco com a mão, ele desceu a escada.

No dia 15 de dezembro, ao passar pelas ilhas Marquesas, na Polinésia, colônia da França, vimos os corais que se depositam nas encostas das montanhas submarinas. No futuro, de tanto os animais marinhos mortos se acumularem nos corais, os cientistas acreditam que surgirá um novo continente, que se estenderá da Nova Zelândia às Marquesas. Quando apresentei essa teoria ao capitão Nemo, ele me respondeu:

– Não é de um novo continente que precisamos, mas de uma nova humanidade.

No dia 25, em alto-mar, sentimos falta de uma festa de Natal. Até ali, tínhamos navegado perto de dezoito mil quilômetros desde o nosso ponto de partida nos mares do Japão.

Dois dias depois, de manhã, o capitão Nemo apareceu no salão, pôs o dedo num ponto do mapa e disse, sem mais explicações:

– Estamos na ilha de Vanikoro, professor.

Subi com ele para a plataforma e percorri com os olhos a paisagem belíssima. Vanikoro é a ponta de um antigo vulcão submarino que se eleva sobre o nível do mar, com florestas nas encostas. Em redor, existe uma laguna de água verde brilhante e claríssima. Cercando a laguna, há um atol, um anel de coral coberto em parte pela vegetação, que vai se depositando na parte submersa da ilha. E, depois do coral, num contraste esplendoroso de cores, o azul profundo do oceano. O todo forma uma cena inigualável.

Depois de submergir, enxergamos os restos do naufrágio do navegante francês La Pérouse através dos painéis de vidro. Refleti sobre a fragilidade da vida humana, e o capitão comentou:

– Que bela morte para um marinheiro! Permitam os céus que o coral seja também o mausoléu reservado para mim e para meus companheiros!

11. O estreito de Torres

Eu bem sei que é difícil acreditar neste meu relato. Sei também que as coisas que estou descrevendo parecem impossíveis, mas na realidade são verdadeiras, incontestáveis. Não foi sonho. Eu vi e senti na carne toda esta história.

No primeiro dia de janeiro de 1868, de manhã, Conseil e eu estávamos na plataforma do *Náutilus,* diante da ponta sudeste da Papuásia.

– Feliz ano-novo, professor! – disse ele.

– Feliz ano-novo para você também, Conseil! E Ned Land, como está ele?

– Ned não está comemorando nada – respondeu Conseil. – Ele não se satisfaz vendo peixes bonitos e comendo frutos do mar. Sente falta de carne, de pão. Eu gosto de conhecer as maravilhas do mundo submarino, como o senhor. Já para ele o ano-novo só seria feliz se conseguisse fugir daqui. Um feliz ano-novo é uma coisa diferente para cada pessoa.

– É isso mesmo, Conseil.

Três dias depois, o capitão Nemo informou que passaríamos do oceano Pacífico para o Índico pelo estreito de Torres, considerado o mais perigoso do mundo, por causa dos recifes. Ele separa a Austrália da ilha da Papuásia, também chamada de Nova Guiné. Também receávamos a reação que os habitantes das suas margens poderiam ter ao nos ver.

O primeiro navegante a cruzar o estreito foi o português Luís Paz de Torres, em 1840, por isso a passagem recebeu o seu nome. Como nós, ele também vinha do Pacífico para o Índico.

O estreito de Torres tem pouco mais de cento e cinquenta quilômetros de largura. Passar ali é quase impossível, por causa da quantidade de ilhas e recifes, mas o capitão Nemo tomou todas as precauções: o *Náutilus* navegava lentamente entre as rochas, enquanto o mar borbulhava em redor.

De repente, um choque repentino me fez cair. O *Náutilus* acabara de tocar num recife e estava imóvel, levemente inclinado para bombordo. Seu casco não sofrera nenhum dano, mas ele poderia ter de ficar ali, imobilizado, para sempre.

Calmo como sempre, o capitão Nemo me disse:

– Nossa viagem está só começando, professor. O *Náutilus* vai sair desta.

– Como vamos desencalhar? – perguntei.

– No estreito de Torres, a diferença entre a maré alta e a baixa é de um metro e meio de altura. Hoje é 4 de janeiro e daqui a cinco dias teremos lua cheia. Na maré alta, a água subirá o suficiente para nos tirar daqui.

Quando soube disso, Ned Land comentou:

– Acredite em mim, professor: esta lata-velha não vai navegar nunca mais, nem em cima nem embaixo do mar. Só serve para vender como sucata. Chegou a hora de abrir mão da companhia do capitão.

– Seria mais fácil fugir perto da Europa, Ned. Aqui na Papuásia a coisa é diferente.

– Mas bem que podíamos tentar... – insistiu ele. – Nessas ilhas existem animais que podem dar bistecas deliciosas... Sinto saudade de dar umas dentadas numa carne fresca.

– Ned Land tem razão – disse Conseil. – Faz tempo que não sabemos o que é um bom bife. Vamos pedir permissão para caçar na ilha mais próxima?

Foi o que fizemos e, para minha surpresa, o capitão Nemo nos deu a autorização. Fugir naquele lugar, porém, seria muito perigoso.

No dia seguinte, o escaler estava à nossa disposição. Nenhum tripulante do *Náutilus* nos acompanharia. A ilha mais próxima ficava a quatro quilômetros de distância. Ned não se continha de felicidade:

– Finalmente vou fazer um churrasco! Não é que peixe não seja bom, mas comer só peixe, camarão e marisco o tempo todo...

– Será que existe algum animal de carne boa na ilha? – perguntei.

– Professor, eu como até carne de tigre se não houver outra. Hoje o almoço é por minha conta.

Ficamos eufóricos ao pôr novamente os pés em terra firme. Ned Land subiu num coqueiro e pegou vários cocos. A água e a polpa deles eram deliciosas. Nada do que comíamos no *Náutilus* tinha sabor que se comparasse àquilo.

Também encontramos árvores de fruta-pão, que lembra a jaca e alimenta tanto como o próprio pão. Ned Land acendeu uma fogueira e cortou as frutas mais maduras em fatias grossas para assá-las. A casca delas ficou carbonizada, enquanto a polpa continuava branca e macia. Eu, que nunca tinha provado aquilo e já estava havia tanto tempo sem pão, achei o sabor excelente.

Ao meio-dia, já tínhamos também um belo cacho de bananas, além de mangas deliciosas e abacaxis de tamanho incrível. Até ali só conseguíramos as sobremesas, mas nas horas seguintes ainda colhemos feijão e um pouco de inhame.

Voltamos para o *Náutilus* às cinco horas da tarde.

No dia seguinte, atravessamos a floresta numa direção diferente. Encontramos um pássaro que sempre desejei ver: a ave-do-paraíso, um dos mais belos animais do mundo, com grandes plumas coloridas, que os indígenas chamam "pássaro do sol". Com trinta centímetros de comprimento, tinha cores lindíssimas: o bico era amarelo; as patas, marrons; as asas, em tons bege com as pontas vermelhas; a cabeça, amarelo-clara; o pescoço, verde-esmeralda; e o peito, marrom-claro.

– Não vamos pegar esse pássaro? – perguntou Ned, que gostava mais de caçar um animal que de apreciar uma visão artística.

– Não, mestre Land. A ave-do-paraíso é tão bela que se tornou vítima dos traficantes de animais silvestres. Por isso, está quase extinta.

Conseil caçou dois pombos. A carne tenra, assada na brasa, nos garantiu uma refeição leve.

– Isso foi um aperitivo. Só fico satisfeito com uma boa costelinha – disse Ned.

Às duas da tarde, enfim, Ned Land abateu um porco-do-mato com um disparo de ar comprimido. Depois, limpou o animal, para comermos no jantar.

Mais tarde, demos com uma tropa de cangurus pequenos, que fugiram aos pulos. Eram os chamados cangurus-coelhos, de carne macia. Ned atingiu quatro ou cinco deles.

– Assados, eles são deliciosos! Aqueles tontos do *Náutilus* não sabem o que perdem... – disse ele.

Ned estava tão contente que se pôs a planejar a caçada do dia seguinte. Ele não contava com o que aconteceria logo em seguida.

Às seis horas, Ned Land preparou a grelha e fizemos um jantar excelente na praia. Peço que os leitores me perdoem por ter me deliciado tanto com um churrasco de porco-do-mato. Acabei sentindo a mesma satisfação que Ned, pelos mesmos motivos que ele. Estávamos tão contentes que Conseil propôs:

– E se não voltássemos esta noite para o *Náutilus*?

– E se não voltássemos nunca mais?... – secundou Ned Land.

A conversa foi interrompida por uma grande pedra que caiu aos nossos pés.

12. O raio elétrico do capitão Nemo

Uma segunda pedra, pequena e arredondada, arrancou o pedaço de carne da mão de Conseil.

– Acho melhor fugirmos, e bem rápido – sugeri.

Foi bem na hora, porque uns vinte aborígines, munidos de arcos e flechas e de estilingues, saíram da mata a uns cem passos de nós.

O bote estava a vinte e cinco metros. Ned Land corria com rapidez, mesmo carregando o porco-do-mato embaixo de um braço e os canguruzinhos no outro.

Saímos remando a toda, enquanto os papuas entravam até a cintura na água. Em vinte minutos estávamos a bordo. No salão, o capitão Nemo tocava órgão.

– Ah, professor... Que tal a excursão à terra firme? – perguntou ele.

– Muito boa, capitão, mas topamos com alguns senhores que nos incomodaram um pouco – respondi, tentando ser bem-humorado.

– Ah, senhores?... De que tipo?

– Selvagens! – completei.

– Selvagens? – respondeu ele. – Esses que o senhor chama de selvagens por acaso são piores que as pessoas que conhecemos lá no outro lado do mundo? Quem o senhor acha que são os verdadeiros selvagens?

– Mas... Se não quiser que eles invadam o *Náutilus*, é melhor tomar providências.

(Hoje, ao escrever este livro, é que me dou conta do nosso enorme preconceito em relação aos povos diferentes de nós.)

Sem parar de tocar, o capitão Nemo disse:

– Professor Aronnax, mesmo que todos os habitantes da Papuásia viessem para cá, o *Náutilus* não teria nada a temer.

À noite, vi fogueiras na ilha. A lua resplandecia no céu. Lembrei que dali a duas noites a força de atração dela faria subir a maré, erguendo o *Náutilus*, e poderíamos partir.

Pela manhã, a quantidade de papuas aumentara. Muitos estavam na água, a umas quarenta braças de nós. Com o cabelo pintado de vermelho, tinham grandes brincos e o peito descoberto. As mulheres usavam vestidos de ervas atadas com um cinto de plantas. Os chefes traziam colares de contas vermelhas e brancas.

Eles me convidavam com gestos a ir para a ilha. Julguei mais prudente não aceitar. Eu poderia acabar com alguns deles facilmente, mas seria crueldade. Na minha opinião, nunca devemos atacar outros povos, mas apenas nos defender quando atacados.

Conseil disse:

– Esses selvagens parecem boa gente.

– São antropófagos, Conseil – respondi.

– Podem ser antropófagos e boa gente ao mesmo tempo. Uma coisa não exclui a outra.

– Concordo, Conseil. Eles podem ser antropófagos do bem e devorar os prisioneiros com muita bondade, mas mesmo assim prefiro tomar minhas precauções. Até porque o comandante do *Náutilus* parece que não tomou nenhuma...

Uma chuva de flechas foi disparada na nossa direção. Fui bater à porta da cabine do capitão.

– Aconteceu algo sério? – perguntou ele.

– Muito sério, capitão. Os aborígines estão atacando! – respondi, afobado.

– É só isso?... Professor, o senhor acredita que as flechas deles vão conseguir o que as balas de canhão da sua fragata não conseguiram? Já mandei fechar as escotilhas. Alguma outra questão?...

– Sim. Se amanhã reabrirmos as escotilhas para renovar o oxigênio, eles poderão entrar no *Náutilus*.

– Não vejo razão para impedi-los, professor. Os papuas são criaturas inocentes e não quero que minha visita cause a morte de nenhum deles.

Fiquei impressionado com a calma do capitão. Lembrando o nosso passeio à ilha, ele apenas disse que não entendia por que Ned Land sentia tanta necessidade de comer carne. Para me tranquilizar, concluiu:

– Amanhã, às duas horas e quarenta minutos da tarde, o *Náutilus* vai desencalhar suavemente e sairá sem avarias do estreito.

Não dormi bem nessa noite em razão dos gritos ensurdecedores dos aborígines, que já estavam na plataforma.

No dia seguinte, às duas e trinta e cinco da tarde, o capitão Nemo surgiu no salão dizendo:

– Vamos partir! É hora de abrir as escotilhas.

– E os papuas? – perguntei.

– Que têm eles? – o capitão retrucou.

– Não vão invadir o *Náutilus*?

– Professor, não é tão fácil assim nos invadir.

Pelas escotilhas, vinte figuras ameaçadoras surgiram dando gritos assustadores. Mas o primeiro papua que encostou no corrimão da escada foi repelido por uma força invisível e fugiu dando gritos de pavor.

Ned Land, dominado por seu instinto violento, quis subir para atacar os papuas, mas, assim que tocou na escada, também foi jogado para trás.

– Com mil diabos! – gritou ele. – Que choque!

Essa palavra explica tudo. O acesso à plataforma estava eletrificado; o choque era forte, mas insuficiente para matar.

Enquanto os papuas fugiam, nós ríamos de Ned Land, que xingava como um possesso.

Na hora marcada pelo capitão Nemo, o *Náutilus*, erguido pela ondulação da água, se soltou do banco de coral. A hélice começou a girar, e dali a pouco estávamos fora do perigoso estreito de Torres.

13. O reino do coral

No dia seguinte, 10 de janeiro, o *Náutilus* navegava ao longo do mar de Timor, ao norte da Austrália. A maior parte da ilha de Timor é colônia portuguesa, e os governantes nativos acreditam que são descendentes de crocodilos; isso, para eles, significa ter a mais nobre origem. Assim, os crocodilos dos rios são protegidos e venerados. Ai de quem ouse caçar algum desses animais sagrados!

O *Náutilus* virou para sudoeste, avançando pelo oceano Índico. O nosso farol estava apagado, mas uma claridade intensa nos rodeou. Uma miríade de micro--organismos fosforescentes brilhou por várias horas dentro da água à nossa volta. A própria natureza supria a luz por meio daqueles animais marinhos minúsculos e luminosos.

Nos dias seguintes, sempre surgia alguma novidade: uma forma animal desconhecida, um vegetal de espécie nova. Conseil, ocupadíssimo, tentava classificar tudo.

No dia 18 de janeiro, estávamos a 105° de longitude leste e 15° graus de latitude sul. O capitão Nemo perscrutou o horizonte com a luneta e, preocupado, trocou uma dúzia de palavras com o imediato. Não percebi nada na direção que eles apontavam.

Nemo mandou aumentar a velocidade do *Náutilus*. Fixando um ponto misterioso do horizonte, ele ordenou calmamente:

— Professor Aronnax, o senhor e seus companheiros ficarão fechados em suas cabines até eu decidir que podem voltar a sair.

— Posso fazer uma pergunta, capitão? – disse eu.

– Não.

Quando fui falar com Ned Land e Conseil, surgiram quatro tripulantes, que nos levaram à força para a mesma cela da nossa primeira noite no *Náutilus*.

A refeição estava servida. Ned e Conseil dormiram logo depois de comer, sentados nas cadeiras. Eu não conseguia manter os olhos abertos. Com certeza haviam colocado sonífero na comida.

No dia seguinte, surpreso, acordei livre, na minha cabine. Subi à plataforma, onde já estavam Ned Land e Conseil, também perplexos por terem acordado fora da cela.

Quanto ao *Náutilus*, em velocidade moderada, parecia tranquilo e misterioso como sempre. Não vimos nada no horizonte; nenhuma vela, nenhuma terra à vista.

O *Náutilus* renovou a provisão de ar e submergiu. Nemo só apareceu às duas da tarde, quando eu estava escrevendo no salão. Sua fisionomia cansada exprimia tristeza. Parecia ter dormido pouco. Em vez de falar sobre o ocorrido, perguntou:

– O senhor é médico?

Aquilo era tão inusitado que hesitei em responder:

– Como vários dos meus colegas, eu me formei em medicina.

– Então, peço que venha tratar de um membro da tripulação.

Ele me levou até a ré do *Náutilus*. Numa cabine, estava deitado um homem de seus quarenta anos, com a cabeça envolta em panos ensanguentados. Um instrumento contundente o atingira, e o ferimento era horrível. O coração dele batia de forma irregular. Fiz um curativo e perguntei ao capitão:

– Como ele se feriu?

– Uma alavanca solta o atingiu, por acidente.

– Este homem vai morrer em duas horas.

Algumas lágrimas rolaram dos olhos do capitão. Não imaginava que ele fosse capaz de chorar.

– Pode se retirar, professor – disse ele.

Durante a noite, julguei ouvir uma cerimônia fúnebre. Seria uma oração pelos mortos? Na manhã seguinte, Nemo veio me dizer:

– Professor, o senhor e seus companheiros nos acompanharão numa expedição. Podem colocar os escafandros.

Ele não disse nada sobre o marinheiro que estava à beira da morte.

Pouco mais tarde, com o capitão e mais doze tripulantes, estávamos pisando o solo marinho a dez metros de profundidade. A vista era maravilhosa: estávamos no reino do coral.

Os corais só foram identificados como criaturas do reino animal em 1694. Eles são um conjunto de animálculos aglomerados em polipeiros frágeis. Com o tempo, seus esqueletos vão se mineralizando em recifes, formações duras como pedra.

Os peixes passavam, rápidos, pelas formações multicoloridas. O coral assumia o aspecto de galhos de árvores imensas. Verdadeiros bosques petrificados, plantados pela natureza no fundo do mar, se estendiam numa arquitetura de fantasia. O espetáculo era indescritível.

Numa inclinação suave, chegamos aos cem metros de profundidade. Algo estranho estava para acontecer. Numa clareira, havia pequenos montes no solo, a intervalos regulares. Sentia-se ali o trabalho humano.

Sobre um pedestal, via-se uma cruz de coral. Um dos marinheiros escavou ao lado dela. Ali era o cemitério dos homens do *Náutilus*.

Enrolado num tecido branco, o companheiro recém-morto foi posto no túmulo. O capitão Nemo e seus companheiros se ajoelharam. Meus dois amigos e eu inclinamos a cabeça respeitosamente.

Depois de quatro horas e meia fora, retornamos ao *Náutilus*. O capitão disse, com um soluço:

– Agora ele descansa até a eternidade embaixo do coral, esquecido por todos, mas não por nós.

– Lá, ele descansa, a salvo dos tubarões – completei.

– Sim, professor, a salvo dos tubarões... e dos homens!

14. O oceano Índico

Era 21 de janeiro de 1868. O *Náutilus* avançava pelo Índico, um oceano de águas tão transparentes que pode até provocar vertigem em quem olha da superfície para o fundo.

Eu empregava bem o tempo: observava as maravilhas submarinas pelas grandes vidraças do salão, lia na biblioteca e escrevia o meu diário. Não me sobrava um instante de preguiça ou de tédio.

Nossa saúde estava sempre boa. Alimentados com produtos do mar, e com a temperatura a bordo sempre constante, nem um simples resfriado nos apanhava.

Da plataforma, eu observava as belas aves marinhas – gaivotas, albatrozes, petréis e fragatas. É de admirar como algumas delas são capazes de sobrevoar o oceano durante várias semanas e até meses, sem pousar em terra firme.

No mar, encantava-me também com a visão das tartarugas. Algumas delas chegam a dormir embaixo da água. Para isso, fecham uma espécie de válvula carnuda que têm sobre as narinas.

Conseil classificava todas as espécies novas que víamos, como o peixe-soprador, de cabeça alongada e fina, que mata os insetos aquáticos disparando com a boca uma simples gota de água. Medonho é o peixe-sapo, de cabeça grande, com o corpo cheio de sulcos e protuberâncias; os espinhos do seu corpo causam feridas horríveis.

Em 26 de janeiro, cortamos o equador na altura do meridiano de 82° leste, entrando no hemisfério Norte. Um cortejo de tubarões-phillips nos acompanhava. Essa espécie tem onze fileiras de dentes afiados, com uma mancha escura margeada de branco no pescoço. Às vezes, um deles se atirava contra as vidraças do salão com potência assustadora. Ned Land queria subir para arpoar aqueles monstros de cinco metros de comprimento.

No dia seguinte, na entrada do imenso golfo de Bengala, demos com um espetáculo sinistro: cadáveres humanos flutuavam no mar. Os hindus consideram que o funeral mais sagrado é ter seus restos mortais depositados no rio Ganges. O que víamos eram os corpos que os abutres não tinham acabado de devorar, despejados no oceano pelo grande rio. Certamente os tubarões terminariam a tarefa.

No fim do dia, a água do mar estava branca a perder de vista. Conseil perguntou:

– Por acaso o mar virou leite?...

– O fenômeno do "mar de leite" é comum nesta região – expliquei. – São inúmeros animálculos grudados uns nos outros, uma espécie de vermes gelatinosos e incolores, da espessura de um fio de cabelo. Alguns navios já passaram por um "mar de leite" de mais de setenta quilômetros.

Até a meia-noite, a branquidão se refletiu no céu, propiciando a ilusão de um grande luar.

Em 28 de janeiro, avistamos a ilha do Ceilão.

– Este é um dos melhores lugares do mundo para ver a exploração de pérolas – comentou o capitão. – Pena que chegamos cedo, a pesca só começa em março. Trezentos barcos se reúnem aqui durante trinta dias. Cada barco tem dez remadores e dez pescadores, que se revezam em dois grupos de cinco para descer a doze metros de profundidade. Para isso, entre os pés eles seguram uma pedra, que fica presa ao barco por uma corda. É um modo primitivo de pescar pérolas. E veja que o negócio pertence aos ingleses, pois esta região é colônia deles.

– O escafandro que o senhor inventou seria bastante útil para esses homens... – comentei.

– É verdade... Falam de um mergulhador que resistia por cinco minutos pegando ostras sem subir para respirar, mas não acredito na história. Alguns pescadores aguentam quase um minuto e meio, mas são raros. Quando sobem, normalmente estão sangrando pelo nariz e pelas orelhas. Na média, ficam trinta segundos embaixo da água de cada vez, mas nenhum deles chega à velhice. Logo estão cegos, com úlceras nos olhos e feridas que não se fecham no corpo. Muitas vezes morrem trabalhando no fundo do mar.

– Que trabalho triste! – refleti. – E só para satisfazer o capricho do luxo de algumas pessoas... O que eles ganham vale a pena?

– Nem de longe, professor! Menos de um dólar por semana.

– Menos de um dólar por semana para perder a vida enriquecendo outras pessoas? É repugnante! – concluí.

– Vamos visitar os pesqueiros, professor. Por acaso o senhor tem medo de tubarão?

– De t-tubarão? – gaguejei.

– Sim. O senhor tem medo?... – insistiu ele.

– Confesso que ainda não fico muito à vontade perto desse gênero de peixe...

– Não se preocupe. Minha tripulação está habituada com eles. Faremos disparos elétricos se surgir algum perigo. Até amanhã.

O capitão saiu com toda a calma, mas eu fiquei bem preocupado. Caçar tubarões seria o mesmo que caçar tigres. Tentei ler um livro, mas não consegui me concentrar. Minha cabeça se encheu de imagens de cações com as enormes goelas abertas e repletas de fileiras de dentes afiados, prontos a cortar uma pessoa ao meio.

Conseil e Ned Land vieram falar comigo.

– O capitão nos convidou para conhecer os pesqueiros de pérolas – disse Conseil.

– Ele não deu nenhum detalhe sobre o assunto?... – perguntou.

– Não. O senhor também vai, não? – quis saber Conseil.

– Vou... claro!

– Que ótimo! – disse Ned. – Deve ser muito interessante.

– É, talvez seja perigoso... – comentei.

– Perigoso?... – contrapôs o arpoador. – Professor, é um simples passeio a um pesqueiro de ostras... Mas, já que o senhor sabe tudo, diga o que é uma pérola.

– Claro! Para os poetas, a pérola é uma lágrima do mar. Para os místicos do Oriente, é uma gota de orvalho solidificada. Para as mulheres, é uma joia redonda que pode ser colocada num anel, num bracelete, num colar... Para os químicos, é uma mistura de fosfato com carbonato de cal e um tantinho de gelatina. E, para os naturalistas, é uma simples secreção de uma substância chamada nácar, uma doença das ostras.

– As ostras podem dar mais de uma pérola ao mesmo tempo? – foi a dúvida de Conseil.

– Podem! Algumas ostras até parecem um cofre cheio de joias. Já foi encontrada uma que tinha cento e cinquenta tubarões.

– Tubarões?... – Conseil e Ned se espantaram.

– Eu disse tubarões? Não, eram cento e cinquenta pérolas...

– As pérolas maiores são as mais valiosas? – perguntou Conseil.

– O valor delas não se mede só pelo tamanho. Varia também de acordo com a forma, a cor e o brilho. É um negócio tão lucrativo que os pesqueiros do Ceilão rendem a cada ano nove milhões de cações...

– O senhor quer dizer nove milhões de francos, não é, professor? – Conseil me corrigiu.

– Tomara que encontremos uma pérola bem valiosa – disse Ned.

– O capitão está bem sossegado. E você, Ned, tem medo de tubarão? — tentei voltar ao assunto que me preocupava.

– Quem, eu, um arpoador? A minha profissão é brincar com os tubarões. Se algum mexer comigo, meto o arpão na barriga dele.

– E você, Conseil? – perguntei ao meu auxiliar.

– Eu, professor? Se o senhor vai encarar os tubarões, por que é que eu não posso enfrentá-los ao seu lado?

15. A pérola de dez milhões

Sonhei a noite toda com tubarões. Saímos no escaler às cinco e meia; o dia estava clareando. Quando coloquei o escafandro, esqueci os cações e me acalmei. Dentro da água, via-se o fundo com clareza. Os peixes, coloridos e curiosos, nos seguiam.

Às sete horas, chegamos ao pesqueiro, onde as ostras perlíferas se multiplicam aos milhões, presas às rochas pelo bisso, um tufo de fibras que elas produzem – é isso que as impede de se mover. Aquela mina inesgotável, sempre a se renovar, me fez refletir sobre a capacidade de criação da natureza, superior ao instinto destruidor dos homens. As ostras maiores chegavam a medir quinze centímetros.

Caminhamos até uma enorme gruta, onde os caranguejos se erguiam nas patas, achando que nos ameaçavam com as pinças em riste. O capitão nos guiou até uma ostra enorme, de mais de dois metros de largura, presa ao granito por um grande bisso. Calculei o peso dela em cerca de trezentos quilos.

As duas valvas da concha estavam entreabertas. Nemo enfiou o punho entre elas e ergueu a membrana da borda, fazendo-nos ver uma pérola do tamanho de um coco. Sua pureza perfeita fazia dela uma joia valiosíssima.

Nemo tinha interesse especial naquela ostra. Não retirando a pérola dali, ela continuava a crescer. A cada ano, a secreção do molusco acrescentava novas camadas concêntricas à pérola. Só o capitão conhecia a gruta em que o tesouro "amadurecia". Quando a pérola atingisse o tamanho desejado, ele a recolheria para a sua preciosa coleção.

Provavelmente ele seguira o exemplo dos chineses e dos indianos, que colocam um pedacinho de metal dentro da concha; aos poucos, a ostra o recobre com a substância nacarada, formando a pérola.

Eu havia esquecido totalmente os meus receios exagerados, até ridículos. Estava à vontade no meu novo ambiente; acho que já podia chamá-lo assim.

Quando voltávamos, Nemo estacou de repente, apontando para uma mancha escura a certa distância. Era um pescador que vinha tentar a sorte antes do início da temporada. A cada mergulho, ele desgrudava dez ostras da pedra e as colocava num saco, que esvaziava na canoa, alguns metros acima de nós. Cada ida e vinda durava trinta segundos.

De repente, o homem fez um gesto de horror. Um tubarão avançava com os maxilares abertos. Fiquei imóvel de pavor.

O pescador se jogou para o lado, mas foi atingido no peito pela cauda do cação. O enorme peixe se preparava para cortar o homem ao meio quando o capitão avançou com um punhal.

Ainda hoje guardo nos olhos a visão de Nemo esperando o bote do tubarão. Com muito sangue-frio, ele se desviou e atingiu o animal com um golpe na barriga.

O sangue do cação tingiu o mar de vermelho. Quando a água voltou a clarear, Nemo surgiu montado numa nadadeira do peixe imenso, dando punhaladas no seu ventre, mas sem atingir o coração. O tubarão se debatia com fúria. Eu queria ajudar o capitão, mas estava paralisado de terror.

Nemo foi derrubado pelo tubarão, que se virou e abriu a boca enorme para liquidá-lo. Nesse momento, Ned Land atirou o seu arpão afiadíssimo. Ele não errou o golpe: atingido no centro vital, o enorme peixe foi finalmente aniquilado.

O capitão se levantou agilmente, carregou o pescador até a superfície e fez fricções no peito dele até reanimá-lo. Qual não foi a surpresa do pobre homem quando, ao abrir os olhos, deu de cara com quatro cabeças de metal e vidro?

Sobretudo, o que não terá ele pensado quando o capitão tirou da roupa um saquinho de pérolas e as colocou em sua mão? O pescador não sabia como agradecer: quem seriam os seres sobre-humanos de carapuça metálica a quem ele devia a fortuna e a vida?

Ao voltarmos, a primeira palavra do capitão Nemo foi para Ned:

– Obrigado, mestre Land.

– Eu lhe devia essa, capitão.

Nemo só deu um sorriso sem graça.

À noite, quando comentamos os incidentes do dia, o capitão me disse:

– Professor, aquele pobre cingalês é um habitante do país dos oprimidos, e eu ainda sou, e sempre serei, desse país.

16. O mar Vermelho

No dia 29 de janeiro, passamos por Kiltan, banco de coral no arquipélago das Laquedivas, entre 10º e 12º de latitude norte e 72º e 74º de longitude leste. O navegante Vasco da Gama tomou posse dessas ilhas, em nome de Portugal, em 1499.

Tínhamos percorrido trinta mil quilômetros desde o embarque forçado no *Náutilus*, perto do Japão.

Na manhã de 7 de fevereiro, o *Náutilus* entrou no mar Vermelho pelo estreito de Bab el-Mandeb, que em árabe quer dizer "Porta das Lágrimas". Por ali passavam muitos navios, que iam de Suez a Bombaim, a Calcutá e à Austrália. Por isso, o *Náutilus* não ousou subir à superfície.

O célebre mar Vermelho, tão falado na Bíblia, foi uma grande via de comunicação já no tempo do Império Romano. Com a construção do Canal de Suez, volta a exercer esse papel.

O capitão Nemo devia ter entrado ali para satisfazer algum capricho. Embora navegando a nove metros de profundidade, o *Náutilus* estava vulnerável naquele mar quase fechado, de dois mil e seiscentos quilômetros de comprimento e com largura média de duzentos e quarenta.

Enquanto isso, passamos horas de maravilhamento apreciando a beleza dos corais. Conseil classificou todas as espécies que vimos. Entre elas, os espongiários se destacavam. A esponja não é um vegetal, mas uma espécie animal encontrada principalmente no Mediterrâneo e no mar Vermelho.

Os peixes eram vistosos: arraias cor de tijolo, com manchas azuis, moreias de cauda prateada, cavalas com sete listras pretas e barbatanas azuis e amarelas, peixes de escamas douradas e prateadas, de todas as cores, enfim.

No dia 9, o capitão Nemo conversou comigo em tom muito amistoso:

– Então, professor, está gostando? Viu os peixes, os corais, as esponjas?

– O *Náutilus* tem sido perfeito para os meus estudos, capitão!

– Que bom, professor! Como o senhor sabe, a Bíblia conta que o exército do faraó foi engolido pelas águas enquanto perseguia os israelitas liderados por Moisés. A origem do nome do mar Vermelho estaria nesse fato. Como disse o poeta: "As águas de sangue coalhadas / De sua cor ficaram manchadas".

– Sim, mas isso é o que diz o poeta. E a sua opinião, qual é?...

– Para mim, o nome se deve à cor da água, mas por outro motivo. Na extremidade norte, ela é totalmente vermelha, por causa de uma substância produzida por algas microscópicas.

– E o Canal de Suez? Que utilidade terá ele para o *Náutilus*?...

– Nenhuma, professor. Mas com certeza será útil para o mundo inteiro. Para ir da Europa ao Oriente, os navios não precisarão mais contornar toda a África. Houve outras tentativas de construir um canal aqui, mas nunca se conseguiu êxito total.

– Isso que os antigos não conseguiram... acaba de ficar pronto. Com a construção do Canal de Suez, a África se tornou uma ilha imensa.

– Infelizmente não poderemos passar por ele. Mesmo assim, depois de amanhã o senhor estará no Mediterrâneo.

– No Mediterrâneo?! – fiz eu, espantado. Se bem que eu não devia me admirar de mais nada... – Não me diga que o *Náutilus* passará por cima da terra firme...

– Ele passará por baixo... – completou Nemo.

– Por baixo?...

– Sim. A natureza fez por baixo do solo o mesmo que os homens acabam de realizar por cima. Existe um túnel natural aqui. Já passei por ele várias vezes.

– Como o senhor descobriu isso? – perguntei.

– Foi uma questão de raciocínio. Há tempo, imaginei a possibilidade de comunicação entre os dois mares. Se ela existia, a água deveria correr do Vermelho para o Mediterrâneo, devido à diferença de nível entre os dois mares. Pesquei vários peixes grandes no mar Vermelho e coloquei um anel na cauda deles. Joguei-os de volta à água. Meses depois, na costa da Síria, no Mediterrâneo, pesquei alguns dos peixes que tinham o anel. A comunicação entre os mares estava demonstrada. Daqui a pouco, professor, o senhor também vai conhecer a passagem.

No dia seguinte, o estreito de Suez foi se fechando cada vez mais, como se estivéssemos em um beco sem saída. Às nove e quinze da noite, o capitão Nemo me disse:

– Estamos perto da entrada do túnel. Mas não é fácil entrar nele.

Nemo me convidou a ficar na cabine do timoneiro. A velocidade da hélice diminuiu. Ele não tirava os olhos da bússola. A cada gesto seu, o timoneiro alterava a direção do *Náutilus*.

Às dez e quinze, o próprio capitão assumiu o leme. Uma galeria larga, escura e profunda se abria diante de nós. Ouvia-se o ruído forte das águas do mar Vermelho se afunilando. O *Náutilus* foi levado pela correnteza, rápido como uma flecha, apesar do esforço em contrário da máquina, que girava a hélice na marcha à ré. Meu coração bateu mais forte.

Às dez e trinta e cinco, o capitão soltou a roda do leme e disse:

– Eis o Mediterrâneo.

Em vinte minutos, o *Náutilus* atravessou, por baixo, o istmo de Suez.

17. As ilhas gregas

No dia seguinte de manhã, encontrei Ned Land e Conseil na plataforma, apreciando o mar Mediterrâneo. Ned disse:

– Chegou a hora de fugirmos.

– Será? – questionei. – O capitão não vai nos deixar sair por aí contando o segredo do *Náutilus*. Com certeza a ocasião certa surgirá, mas tanto pode ser hoje como daqui a seis meses...

– Professor, o senhor empurra as coisas com a barriga – insistiu Ned. – E você, Conseil, o que acha?

– Eu não acho nada. Respeito a sua opinião, mas trabalho para o professor. Não tenho mulher nem filhos, vou para onde ele preferir.

– Então, já que Conseil simplesmente não existe, a discussão fica entre nós dois, professor – continuou Ned.

– Você tem razão, mestre Land – concluí. – O melhor a fazer é aproveitar a primeira oportunidade concreta de escapar. Mas lembre-se de uma coisa: não adianta tentar sem a garantia de que vai dar certo.

– Então vamos fazer assim, professor: numa noite escura, com o *Náutilus* perto da costa, vou desatarraxar o escaler e nós fugimos. O timoneiro vai levar tempo para dar pela coisa.

– Está bem, Ned. Mas não esqueça: o preço do fracasso é a morte.

– Não esquecerei, professor.

– Lembre também que o capitão Nemo nunca vai facilitar essa oportunidade; ele evitará navegar perto do litoral. Mas, quando você disser que é o momento, a minha confiança na sua decisão será total.

Essa conversa acabou tendo consequências graves, mais tarde.

Como eu previa, o capitão Nemo preferiu manter o *Náutilus* o mais longe possível da costa. Com certeza não queria ser visto pelos muitos navios que circulam pelo Mediterrâneo. Só subíamos à tona para renovar o oxigênio.

Aproveitei para observar alguns peixes originais, como a pequena rêmora, que vive grudada ao corpo do grande tubarão. Os antigos romanos acreditavam que as rêmoras podiam até diminuir a velocidade de um navio quando se agarravam ao seu casco.

Em 14 de fevereiro, estávamos perto da ilha de Creta. Nemo vigiava a massa de água pelos painéis de vidro. O que estaria acontecendo?

No meio da água surgiu um mergulhador, que se aproximou e olhou para nós. O capitão fez um aceno; o homem respondeu com um sinal de mão e voltou à superfície.

Sem se importar com a minha presença, o capitão abriu um móvel, de onde tirou inúmeras barras de ouro, que deviam pesar perto de uma tonelada. Então, abriu um cofre com o símbolo do *Náutilus* gravado na porta e passou todas as barras para dentro dele.

Depois de fechá-lo bem, escreveu na porta do cofre algumas letras do alfabeto grego. Em seguida, apertou um botão. Quatro homens fortes vieram buscar o cofre. Pelo ruído, percebi que ele estava sendo erguido pela escada.

Só então Nemo se virou para mim:

– O senhor ia dizendo...?

– Eu não estava dizendo nada, capitão.

– Sendo assim... boa noite!

Voltei intrigado para a minha cabine. Que relação haveria entre o mergulhador e o cofre cheio de barras de ouro? O *Náutilus* subiu para a superfície e ouvi passos na plataforma. O escaler foi colocado na água. Os ruídos cessaram. Duas horas depois, o bote voltou e o *Náutilus* submergiu.

Quais seriam os contatos do capitão Nemo em terra firme? Ned e Conseil ficaram tão surpresos como eu quando contei o ocorrido.

– Onde será que ele consegue esses milhões? – perguntou Ned.

No dia seguinte, às cinco da tarde, senti a temperatura se elevar. O manômetro marcava vinte metros de profundidade. O calor se tornou insuportável.

"Será um incêndio a bordo?", pensei, preocupado.

O capitão Nemo verificou o termômetro e disse:

– Quarenta e dois graus.

– Estou sentindo na pele, capitão...

– Logo vai passar.

Pelas vidraças, vi uma fumaça de vapor de enxofre atravessando a água, que fervia.

– Onde estamos? – perguntei.

– Perto da ilha grega de Santorini, professor. Eu queria lhe mostrar uma erupção submarina. Nos últimos anos, duas ilhas pequenas surgiram aqui, formadas pela lava. Um dia, essas ilhotas e Santorini se juntarão. No Pacífico, vimos os corais no processo de formar um continente. Aqui, é a atividade vulcânica que faz o mesmo.

O *Náutilus* parou. O calor era cada vez mais insuportável. A água ficou vermelha. Estávamos sendo assados!

– Capitão, temos de sair já deste forno!

– É verdade, não seria prudente ficarmos – respondeu Nemo.

O *Náutilus* se afastou da água fervente. Quinze minutos depois, respirávamos o ar puro da superfície.

Lembrei que Ned Land tinha falado em fugirmos naquela região. Não sairíamos vivos daquele mar de fogo.

18. O Mediterrâneo em quarenta e oito horas

Continuávamos a avançar pelo Mediterrâneo, o *mare nostrum* dos romanos, de céu puro e transparente, enquadrado por montanhas, bordejado de laranjeiras e de pinheiros-marítimos. Mas, por mais belo que fosse, só pude fazer um apanhado muito rápido dessa extensão de água de dois milhões de quilômetros quadrados. Quarenta e oito horas depois de passar pelas ilhas gregas, chegamos ao estreito de Gibraltar.

Atravessando o Mediterrâneo às pressas, o *Náutilus* parecia se sentir apertado entre as margens da Europa e da África. Conseil mal teve tempo de classificar alguns peixes. Ned Land, aborrecido, precisou renunciar aos planos de fuga. Não seria possível desprender o escaler navegando a quase treze metros por segundo. Seria o mesmo que pular de um trem em movimento.

Entre a Sicília e Gibraltar, onde a África e a Europa se aproximam rapidamente, vimos os destroços de vários naufrágios. Existe um verdadeiro cemitério de navios nessa área. Muitos afundaram ao bater em algum escolho, outros foram levados ao fundo pelas tempestades. Alguns estavam tão inteiros que pareciam apenas esperar o momento de navegar outra vez.

O *Náutilus* passou rapidamente pelo estreito de Gibraltar, entrando no oceano Atlântico. Em três meses, tínhamos percorrido dez mil léguas, ou quarenta mil quilômetros, uma distância igual à volta ao mundo pela linha do equador.

19. A baía de Vigo

Viramos para norte na ponta de Sagres, no sudoeste de Portugal. Ned Land estava de cara amarrada. Eu disse:

— Ned, entendo o seu mau humor, mas teria sido impossível fugir no Mediterrâneo. Estamos indo na direção da França e da Inglaterra. Lá, será mais fácil.

Ele finalmente informou, desabafando:

— Vai ser hoje à noite!

Tomei um susto. Não estava preparado.

— Esta noite vamos passar pela costa espanhola – continuou ele. – O vento está soprando do mar para terra. Será às nove horas. Conseil vai comigo para o bote. Ninguém nos verá a essa hora, o capitão Nemo estará dormindo. O senhor vai esperar o meu sinal na biblioteca. Já coloquei as provisões no escaler.

— O mar está agitado – objetei.

— Temos de arriscar. A liberdade vale o preço que tem. E se amanhã o *Náutilus* estiver longe da costa? Às onze horas estaremos em terra firme ou mortos. Vamos confiar em Deus e... até a noite!

O canadense se retirou, deixando-me perplexo. Eu imaginava que, quando a hora chegasse, teria algum tempo para refletir. Mas ele tinha toda a razão. Eu não podia prejudicar o futuro de meus companheiros.

Passei o dia dividido entre o desejo de recuperar a liberdade e a tristeza por abandonar o maravilhoso *Náutilus*, deixando inacabados os meus estudos. Só me restava preparar a bagagem, que não era pesada: apenas minhas notas de viagem.

Eu não via o capitão desde Santorini. Ficávamos semanas sem nos ver. Que fazia ele nesses períodos? Nemo nunca saía do *Náutilus*? Ele ainda devia ter relações com a terra firme, como o episódio nas ilhas gregas demonstrara.

As horas se arrastavam, lentas. O jantar foi servido, como sempre, em meu quarto. Preocupado, terminei a refeição às sete horas. Faltavam cento e vinte minutos, que eu iria contar um a um.

Fui contemplar pela última vez as maravilhas da natureza reunidas no museu do *Náutilus*. A porta da cabine do capitão Nemo estava entreaberta. Nenhum ruído vinha de lá. Resolvi dar uma espiada.

Nas paredes, viam-se retratos de pessoas que se dedicaram a importantes causas humanas: Abraham Lincoln, o presidente dos Estados Unidos assassinado por ter abolido a escravidão; John Brown, enforcado por ter lutado pelos negros e celebrado pelo escritor Victor Hugo; e Kosciusko, herói da independência grega, entre outros.

Que ligação haveria entre esses espíritos solidários e o capitão Nemo? Teria ele participado das lutas sociais daqueles heróis?

O relógio bateu oito horas. Tremi como se um olho invisível visse meus pensamentos e me vesti para o frio, com botas impermeáveis, gorro de pele de lontra e casaco revestido de pele de foca.

Poucos minutos antes das nove horas entrei na biblioteca, que estava na penumbra, e fiquei à espera do sinal de Ned.

A trepidação da hélice diminuiu, até parar. O que teria acontecido? Senti um leve choque. O *Náutilus* tinha pousado em solo marinho. Minha inquietude redobrou. O capitão Nemo surgiu, dizendo:

– Ah, professor, estava à sua procura. Conhece a história da Espanha? – O tom dele era amável.

– Mais ou menos – respondi, receoso.

– Assim são os sábios – comentou ele, com humor. – Quando vamos ver, não sabem nada. Sente-se, eu vou lhe contar um episódio da história espanhola... Preste atenção.

– Estou escutando.

– Pois bem. Foi em 1702 que Luís XIV, o rei de vocês, franceses, pôs o neto dele no trono da Espanha. A Holanda e a Inglaterra não gostaram disso e combateram a

França. Luís XIV tinha poucos soldados, mas dinheiro não era problema para ele: os galeões espanhóis vinham da América carregados de ouro e de prata. Enquanto isso, os navios ingleses percorriam o Atlântico tentando assaltar esses galeões.

Nemo respirou fundo e prosseguiu:

– O comboio dos galeões vinha para a baía de Vigo, no noroeste da Espanha. O precioso carregamento tinha de ser desembarcado rapidamente, porque os navios ingleses se aproximavam... O senhor me segue, professor?

– Claro, capitão, estou prestando atenção em tudo...

Aonde ele queria chegar com aquela aula de história?

– Os navios espanhóis tentaram resistir, mas a causa estava perdida. Então, o comandante francês da frota mandou incendiar os galeões, que afundaram com seus imensos tesouros.

Nemo fez mais uma pausa e concluiu:

– Neste exato momento, estamos na baía de Vigo. O senhor vai conhecer os mistérios dela.

Ele se levantou e me pediu que o seguisse. Pelas vidraças do salão, viam-se as águas iluminadas pelo farol do *Náutilus*. Os tripulantes, com escafandros, reviravam tonéis e caixotes de madeira apodrecida. De dentro deles caíam barras de metais preciosos, cascatas de moedas e joias. A areia do fundo brilhava com o tesouro, que os marinheiros trouxeram para o *Náutilus* em várias viagens. Então compreendi: era ali uma fonte de riqueza do capitão.

– O senhor sabia que o mar continha tantos tesouros? – perguntou ele. – Basta apanhar o que os homens perderam por aí ao longo dos séculos. Não só aqui, mas também em vários outros pontos do mar.

– Pena que essa riqueza toda não possa ser repartida com quem realmente precisa dela... – comentei.

O capitão contestou:

– Então o senhor acha que o tesouro ficará perdido só porque sou eu quem o está recolhendo? Quem lhe disse que eu não sei como usar essas riquezas? O senhor acredita que eu ignoro que existem criaturas que sofrem, raças oprimidas sobre a terra, vítimas e miseráveis que devem ser consolados?...

Ele se interrompeu, talvez arrependido de ter falado demais. Mas eu compreendi. Quaisquer que fossem os motivos que o levavam a buscar a independência embaixo do mar, ele continuava a ser, antes de tudo, um ser humano! Seu coração palpitava pelos sofrimentos da humanidade, e sua imensa caridade se dirigia tanto aos povos escravizados como aos indivíduos oprimidos.

Compreendi então para quem ele tinha enviado as barras de ouro quando estávamos nas águas de Creta, uma ilha grega. A Grécia estava lutando pela sua independência.

20. Um continente desaparecido

— Esse maldito capitão tinha de parar bem na hora em que íamos fugir... — desabafou Ned Land, no dia seguinte.

— Ele teve de ir ao banco buscar fundos... — disse eu. Contei os incidentes da véspera, mas Ned continuou inconformado.

Pela bússola, vi que íamos para sudoeste. Estávamos virando as costas para a Europa! Pode-se imaginar a fúria do nosso arpoador.

À noite, recebi a visita do capitão.

— Até agora o senhor só passeou no mar à luz do dia. Que tal uma volta no escuro? — sugeriu ele.

Apesar de tudo, gostei da ideia. Era quase meia-noite quando pusemos os pés na areia. Íamos apenas ele e eu. O capitão apontou um clarão avermelhado ao longe.

Caminhamos na direção desse brilho submarino. Senti uns estalidos acima de nós, como se a água formigasse. Uma chuva forte caía na superfície. A ideia de que poderia me molhar com ela me fez rir, uma vez que já estava dentro da água.

O clarão brilhava atrás do topo de uma montanha de duzentos e cinquenta metros de altura. Fiquei intrigado: seria um fenômeno natural, ou se tratava de alguma obra humana desconhecida?

Quando chegamos ao pé da montanha, coberta em parte por árvores mineralizadas, vi que a subida seria difícil. Fiz força para acompanhar Nemo. Saltávamos sobre precipícios sem olhar para baixo e entrávamos em passagens estreitas, onde um passo em falso seria perigoso.

Quando ultrapassamos a linha das árvores, o pico da montanha se desenhava trinta metros acima de nós, projetando a sombra do incrível clarão que vinha do outro lado.

Eu ficava paralisado quando a antena de algum crustáceo enorme barrava a passagem ou quando uma pinça se recolhia bruscamente para a escuridão. Eram crustáceos gigantescos, lagostas enormes, caranguejos grandes como titãs, polvos que entrelaçavam os tentáculos como um enxame de serpentes. Havia quantos séculos aquela fauna e aquela flora não viviam ali, desconhecidos do homem? Familiarizado com tudo aquilo, Nemo seguia despreocupado.

Quando chegamos ao topo, avistamos um amplo espaço iluminado por um fulgor violento. Na outra encosta, abaixo de nós, uma grande cratera vulcânica expelia torrentes de lava, que escorriam como cascatas de fogo até o pé da montanha por aquele lado.

Embaixo, sobre um patamar, detectei a presença humana: eram vagas formas de castelos, de templos... Que civilização teria construído aquilo?

Via-se uma cidade destruída: ruas desertas, casas sem telhado, colunas derrubadas, um porto sem os navios e, ao longe, uma grande muralha em ruínas. Com uma pedra, o capitão Nemo riscou na rocha uma palavra: "ATLÂNTIDA".

A Atlântida! O continente submerso, tragado pelo mar numa grande catástrofe, segundo o antigo filósofo Platão! Uma noite e um dia tinham bastado para reduzir ao nada a Atlântida, em meio a terremotos e inundações. Desse grande continente, no meio do oceano Atlântico, teriam sobrado apenas as montanhas mais altas, que seriam as atuais ilhas da Madeira, dos Açores, de Cabo Verde, das Canárias.

Ficamos ali por uma hora, sentados em êxtase, a contemplar aquele espetáculo. A lua surgiu, e sua luz atravessou as águas para iluminar tenuemente o continente submerso. O capitão se levantou e me fez sinal para voltarmos.

Quando avistamos o farol do *Náutilus*, ele parecia brilhar como uma estrela submarina.

Relatei a Conseil a nossa aventura, contando também para ele as várias histórias fantasiosas que os escritores criaram sobre a Atlântida. Meu assistente ouviu tudo, mas logo voltou à sua atividade favorita: a descoberta de novas espécies para classificar.

Os peixes ali não eram tão diferentes dos que já conhecíamos. Mesmo assim, algumas novidades surgiam, como os espadartes, de três metros de comprimento, armados de uma espada comprida e afiada no maxilar superior, ou os peixes-lua, redondos, que parecem discos de prata quando iluminados pelos raios de sol.

O *Náutilus* seguia a quarenta quilômetros por hora, à profundidade de cem metros. À noite, vimos uma muralha que parecia sair de dentro da água. Nossa posição não fora atualizada no planisfério, por isso não era possível dizer que terra seria aquela.

De manhã, voltei ao salão. O manômetro indicava que estávamos na superfície. Ao olhar pelos painéis de vidro, porém, em vez do dia claro, vi tudo escuro lá fora. Ouviam-se passos na plataforma.

– Professor?... – disse Nemo, aproximando-se.

– Ah... Onde estamos, capitão?

– Embaixo da terra. Mas não se preocupe, estamos na superfície.

Confuso com a resposta, fui com ele à plataforma. Estava muito escuro, mas enxerguei uma luz tênue acima da cabeça; parecia haver um buraco pequeno lá no alto.

O *Náutilus* estava num lago rodeado por um círculo de muralhas. Elas formavam uma cúpula arredondada de uns quinhentos metros de altura.

– Estamos no centro de um vulcão extinto que foi invadido pelo mar – esclareceu o capitão Nemo. – O *Náutilus* chegou aqui por um canal natural a dez metros de profundidade. Este é o nosso porto seguro, secreto, ao abrigo de todos os ventos. Para os outros navios, é um escolho a evitar. Para nós, é uma caverna imensa.

– A natureza está sempre do seu lado, capitão – comentei.

Ele se pôs a esclarecer mais algumas coisas sobre o funcionamento do aparelho submarino:

– Como o senhor já sabe, o *Náutilus* precisa de energia elétrica, que obtenho a partir do sódio. Para separar o sódio do sal marinho, uso o carvão. Precisamente neste lugar, o mar recobre florestas de outras eras geológicas que se transformaram em carvão mineral. É aqui que meus tripulantes se tornam mineiros, com escafandro, pá e picareta. Quando queimo o carvão para obter o sódio, a fumaça que escapa pela cratera dá a esta montanha a aparência de um vulcão ativo.

– Então veremos as suas minas de carvão?

– Não desta vez, porque estamos com pressa – disse o capitão. – Vim apenas me reabastecer no depósito de sódio. Se quiser explorar a caverna, aproveite este dia.

Assim, fui com meus companheiros, no escaler, até a beirada das paredes internas do vulcão, onde havia praias de areia ao lado de rampas de pedras escorregadias e perigosas.

– Imaginem como não devia ser este funil em erupção, repleto de lava pastosa... – comentei.

– Mas como foi que a fornalha se transformou neste lago tranquilo? – quis saber Conseil.

– Um terremoto deve ter feito a abertura por onde o *Náutilus* entrou. Nesse dia distante no passado, a água se precipitou aqui para dentro e venceu a luta contra o fogo.

As rampas eram cada vez mais íngremes. A lanterna iluminava as manchas amarelas de enxofre na lava solidificada. A oitenta metros de altura, o reino vegetal lutava com o reino mineral. Arbustos saíam das fendas na parede. Pequenas violetas levemente perfumadas surgiam na lava.

A certa altura, não foi possível subir mais. Vi pela abertura da cratera, apenas duzentos metros acima de nós, as nuvens que passavam no céu.

Ned deu batidas nas paredes da caverna para calcular sua espessura e avaliar as possibilidades de escapar. Ali, porém, a fuga seria impossível.

A maré subiu durante a nossa volta, formando ondas que batiam com alguma força no escaler. Chegamos bem molhados ao *Náutilus*.

21. O mar de Sargaços

Estávamos cada vez mais longe da Europa. Aonde o capitão Nemo pretendia nos levar?

No dia 22 de fevereiro, o *Náutilus* atravessou uma região bastante peculiar do oceano Atlântico. Todos sabem da existência da corrente do Golfo, que leva calor do golfo do México às regiões mais frias da Europa. Na altura dos 44° de latitude norte, ela se divide em dois ramos: o principal segue na direção da Irlanda e da Noruega; o outro, menor, vira para o sul nas ilhas dos Açores, dobra para sudoeste e volta para o Caribe, quase fazendo um círculo.

Levando três anos para dar a volta, esse círculo envolve, como um anel, uma extensão de água fria e parada: o mar de Sargaços. É como se ele fosse um lago no meio do oceano. Os sargaços são as algas que flutuam nele, como um tapete espesso e compacto. Foi ao chegar a essa região que Cristóvão Colombo adquiriu a certeza de estar perto de outro continente. As suas caravelas levaram semanas para conseguir se desvencilhar da imensidão de plantas flutuantes.

Para não embaraçar a hélice do *Náutilus*, o capitão Nemo decidiu viajar a vários metros de profundidade. Acima de nós, em meio às algas, flutuavam troncos de árvores dos Andes e da Amazônia, jogados pelo rio Amazonas no oceano e trazidos pela correnteza. Também se viam restos de navios naufragados que não tinham conseguido vencer o obstáculo. Águas-vivas e medusas de várias cores buscavam alimento entre as algas. Os peixes e os crustáceos faziam a festa.

Passado o mar de Sargaços, a navegação seguiu tranquila para o sul. Alguns navios passavam ao longe, e um baleeiro nos perseguiu, julgando com certeza que o *Náutilus* fosse um enorme cetáceo. Ned Land ficou animado com aquilo, mas o capitão Nemo ordenou que submergíssemos.

Conseil, como sempre, procurava novos seres vivos para classificar. No Atlântico há muitas espécies de tubarões. Ned Land falou nas coisas mais incríveis que já se encontraram no estômago dos cações: uma cabeça de búfalo, um bezerro inteiro, um soldado com sua espada e até um cavalo com o cavaleiro montado nele! Achei difícil acreditar nessas histórias...

Os elegantes golfinhos nos acompanhavam, em grupos de cinco ou seis, caçando os peixes-voadores com extrema precisão. Não importava a direção do salto, eles sempre acabavam caindo na boca de um golfinho. Mesmo assim, Conseil classificou todas as espécies de peixes-voadores.

Pensei que, ao chegar à ponta da América do Sul, o *Náutilus* dobraria para oeste, completando no oceano Pacífico a volta ao mundo. Mas não foi isso que aconteceu. Ele seguiu em frente. O que pretendia o capitão Nemo? Chegar ao polo Sul?

Acompanhado por Conseil, Ned veio me perguntar:

– Professor, os tripulantes do *Náutilus* não devem ser mais que vinte; manobrar esta geringonça não requer tanta gente assim.

– Também acho – respondi. – Mas lembre-se: este navio é um refúgio de homens que, como o capitão Nemo, romperam todas as relações com a terra firme. É gente disposta a tudo, e não será fácil vencê-los. Mas com certeza o capitão não quer chegar ao polo Sul; ele será obrigado a parar diante da banquisa e voltar.

Ficar ali dentro era insuportável para o canadense, que estava acostumado à vida livre e ativa. No entanto, nesse mesmo dia um incidente o fez lembrar os tempos de arpoador.

Às onze horas da manhã de 14 de março, avistamos um grande grupo de baleias. O encontro não me surpreendeu, pois, de tanto os seres humanos caçarem esses cetáceos, eles se refugiam cada vez mais perto dos polos. Foi justamente Ned o primeiro a avistá-las corcoveando na água, a quase dez quilômetros do *Náutilus*.

– Que diabo! – exclamou ele. – E eu aqui, preso nesta carcaça de metal!

– Você ainda pensa em caçar baleias?... – perguntei, admirado.

– O senhor acha que eu ia esquecer a minha profissão?... Ah, as baleias... Algumas são imensas, têm mais de trinta metros. Mas o senhor precisa conhecer os cachalotes. Eles têm corpo imenso, coberto de cracas. Parecem até pequenas ilhas. Dizem que a gente pode desembarcar neles, se instalar, fazer uma fogueira...

– Ah, sim, podemos até construir casas em cima deles... – completou Conseil, irônico.

– ... como na história de Simbad, o marinheiro! – completei.

– Senhor professor de história natural – replicou o arpoador –, quando se trata de baleias devemos acreditar em qualquer coisa. Dizem que elas podem dar a volta ao mundo em quinze dias...

– Quem sabe?... – duvidei, rindo.

– Antigamente as baleias eram ainda mais rápidas. Elas tinham a cauda na vertical, como os peixes, e batiam a água da direita para a esquerda. Mas Deus achou que nadavam rápido demais e torceu o rabo das baleias. Agora, elas batem na água de cima para baixo e vão mais devagar.

– Ned Land, como é que alguém pode acreditar em você?...

– Quanto tempo vivem as baleias? – perguntou Conseil.

– Mil anos! – respondeu Ned.

– E como é que você sabe?

– Os marinheiros dizem...

– Ned, isso tudo é conversa de pescador – questionei. – Agora, em pleno século XIX, ainda não se sabe quantos anos de vida uma baleia atinge, mas com certeza elas estão muito longe de chegar aos mil anos.

– Vejam, são umas vinte! – gritou Ned, animado. – E eu aqui de mãos e pés amarrados...

– São baleias-austrais – disse o capitão Nemo, que se aproximara sem percebermos.

– Capitão, o senhor me autoriza a caçar uma? – pediu o arpoador. – É para não perder a prática...

– Para quê? – replicou Nemo. – Só pelo prazer de matar um animal? Nós não precisamos de óleo de baleia. Usamos a eletricidade, não temos mais lampiões a óleo.

Ned ia replicar, mas Nemo continuou:

– Eu não admito esses passatempos mortíferos. Ao exterminar as baleias, que são inofensivas, os baleeiros cometem uma infâmia. Vários mares não têm mais nenhum desses animais úteis. Deixem tranquilos esses cetáceos infelizes!

Não vou contar aqui a cara que Ned Land fez ao escutar essa lição de moral. Tentar ser racional com um caçador é jogar palavras fora. Ned olhava para o capitão e, evidentemente, não estava entendendo nada do que ele dizia. Mas o capitão estava com a razão. A caça bárbara e encarniçada à baleia ainda fará desaparecer esse belo animal dos oceanos.

Ned Land enfiou as mãos nos bolsos, assobiou e se virou de costas para nós, a fim de observar as baleias.

– Para as baleias já bastam os predadores naturais, os cachalotes e os peixes-serra – disse Nemo, virando-se para mim. – Está vendo aqueles pontos escuros que se aproximam? São cachalotes, animais cruéis que às vezes atacam em bandos.

Ned se virou ao escutar isso e insistiu:

– Então, capitão, vamos defender as baleias...

– Não será necessário – respondeu Nemo. – O *Náutilus* vai dispersar os cachalotes com o esporão de aço da proa.

O cachalote muitas vezes passa dos vinte e cinco metros de comprimento. É macrocéfalo, isto é, tem cabeça enorme, que ocupa um terço do corpo. Além disso, é provido de vinte e cinco dentes grandes, de vinte centímetros.

Os cachalotes se aproximavam. Seria um massacre, porque as baleias são inofensivas; além disso, eles ficam mais tempo que elas sem respirar embaixo da água.

O *Náutilus* correu para se colocar entre os dois grupos. Conseil, Ned e eu ficamos diante dos painéis de vidro. O capitão Nemo foi para junto do timoneiro.

Os cachalotes atacaram, mas logo sentiram a ponta afiada do esporão. Ned Land batia palmas, entusiasmado. Eles davam golpes tremendos com a cauda, mas o motor potente não deixava o *Náutilus* se desestabilizar.

Tentando nos esmagar, os cachalotes se juntavam, mas era inútil. Finalmente, as ondas se acalmaram. Da plataforma, vimos vários cachalotes boiando, mortos. A carnificina havia durado uma hora. Ned Land perdeu o entusiasmo; até ele parecia triste com a visão das grandes massas de carne rodeadas por um mar de sangue. Ao longe, os cachalotes sobreviventes fugiam, aterrorizados.

– Eu sou caçador, não açougueiro – disse Ned, contrariado. – Por mim, bastaria usar o arpão.

– Os cachalotes teriam exterminado as baleias – respondeu o capitão. – Cada qual usa a arma que tem.

Uma baleia morta pelas dentadas dos cachalotes encostou no casco do *Náutilus*. Dois marinheiros montaram no corpo dela e retiraram três barris de leite das suas mamas.

O capitão me ofereceu um copo dele, ainda quente. Achei estranho, mas Nemo insistiu, dizendo que era excelente, parecido com o leite de vaca. Provei, e concordei. A tripulação fez manteiga e queijo com ele.

22. O polo Sul

O*Náutilus* seguia, imperturbável, rumo ao polo Sul. Em 14 de março, vi *icebergs* pela primeira vez. Eles brilhavam como enormes cristais à luz do sol.

Com habilidade, o timoneiro se desviava deles, que chegavam a ter oitenta metros de altura e alguns quilômetros de extensão. A partir dos 60° de latitude sul, as passagens entre os *icebergs* se tornaram mais raras e mais estreitas. A paisagem fazia lembrar cidades de gelo.

A temperatura externa se mantinha abaixo de zero. O interior do *Náutilus* era aquecido por aparelhos elétricos. Quando saíamos para a plataforma, vestíamos roupas de pele de foca e de urso-marinho.

No dia 15, passamos pela colônia inglesa das ilhas Shetland do Sul. O capitão Nemo contou que existiam incontáveis focas nessa região; porém, num furor de destruição, os baleeiros tinham massacrado os machos adultos e as fêmeas grávidas, deixando para trás, onde existia a animação da vida, o silêncio da morte.

Em 16 de março, os primeiros campos de gelo, soldados pelo frio, barraram a nossa passagem. Não era isso que pararia o capitão Nemo. Ele lançou o *Náutilus* contra aquela massa, penetrando-a com seu esporão de aço. O barulho do gelo ao se quebrar era terrível.

A neblina densa encurtava a paisagem. O vento uivava. A bússola não oferecia nenhuma garantia de precisão. Conforme nos aproximávamos do polo magnético Sul, que nada tem a ver com o polo geográfico Sul, a agulha indicava direções contraditórias. Era preciso reunir diferentes observações e tirar a média. Mesmo assim, o resultado não era plenamente confiável.

Finalmente, o *Náutilus* ficou bloqueado diante da barreira de gelo. Estávamos a 51°30' de longitude e 67°39' de latitude sul.

– Chegamos à banquisa, e já está bom – concluiu Ned Land.

– Eu bem que gostaria de saber o que há por trás dessa muralha... – disse eu.

– Daqui ninguém passa, nem o senhor, nem o capitão Nemo – replicou ele. – Devemos nos curvar diante dos limites da natureza. Queiram ou não, vamos virar e voltar.

Ele tinha razão, mas ali era tão impossível virar para trás quanto seguir adiante. O capitão Nemo tinha sido imprudente.

Ao subir à plataforma, ele me perguntou:

– O que acha, professor?

– Acho que não temos como sair daqui. O verão está no fim, e a partir de hoje o gelo vai se adensar ainda mais.

– O senhor só enxerga os obstáculos – comentou ele. – Pois o *Náutilus* não só vai se safar, como também nos levará até o polo. Seremos os primeiros a chegar lá, professor...

– Então vamos criar asas e voar por cima da banquisa... – brinquei.

– Iremos por baixo, professor – arrematou ele. – Para cada metro acima do nível do mar, os *icebergs* e a banquisa têm três metros para baixo. Se estas montanhas de gelo têm cem metros de altura, a parte submersa delas possui trezentos metros de profundidade. Ora, o que são trezentos metros para o *Náutilus*?

Começaram os preparativos para a audaciosa tentativa. As bombas poderosas do *Náutilus* enchiam as câmaras de ar e o comprimiam em seguida. A temperatura era de doze graus abaixo de zero. O *Náutilus* submergiu a oitocentos metros.

No dia 18 de março, às cinco da manhã, senti um choque logo ao acordar. O *Náutilus* tinha tocado o lado de baixo da banquisa, que parecia bem mais espessa do que esperávamos. Estávamos longe da superfície!

A confiança e o medo se alternaram em minha mente até a noite. Às três da madrugada, porém, verificou-se que a parte inferior da banquisa tinha apenas cinquenta metros de profundidade. Enquanto subíamos em diagonal, a banquisa diminuía em cima e embaixo, como duas rampas alongadas.

Enfim, às seis horas da manhã de 19 de março, o capitão Nemo entrou no salão e disse:

– Estamos em mar aberto!

Corri para a plataforma. Viam-se apenas alguns blocos de gelo. Um mundo de pássaros voava em redor, miríades de peixes nadavam na água. O termômetro marcava três graus abaixo de zero. Era como uma primavera em um lago no interior da banquisa. A linda paisagem era completada pelas montanhas de gelo ao fundo.

Para o sul, via-se uma ilha. Chegamos a ela em duas horas. Um estreito canal a separava de uma grande extensão de terra, talvez um continente. Isso confirmava a hipótese do cientista Maury. Ele notou que os *icebergs* provenientes do polo Sul são muito maiores do que aqueles que vêm do polo Norte. Com isso, concluiu que depois do círculo polar Antártico deviam existir grandes extensões de terra, um continente ainda desconhecido.

O capitão, dois marinheiros, Conseil e eu rumamos para terra no escaler. O solo era vulcânico. A vegetação me pareceu restrita: apenas alguns liquens sobre as rochas pretas, além de poucas algas. A margem estava repleta de pequenos mariscos e de plâncton, formado por organismos menores que três centímetros, dos quais a baleia abocanha um mundo a cada vez que se alimenta.

Nos ares, viam-se inúmeras aves, como os albatrozes e os petréis. Nas rochas, os pinguins andavam em passos desajeitados, eles que são tão ágeis e esguios dentro da água.

Eram onze horas, e a bruma voltara a esconder o sol. O capitão olhou para o céu, contrariado. Começou a cair uma nevasca, e voltamos para o *Náutilus*.

No dia seguinte, tínhamos avançado mais vinte quilômetros. O capitão não apareceu, e Conseil voltou a ir comigo para terra. A praia estava lotada de focas, morsas e elefantes-marinhos.

– Eles não são perigosos? – perguntou Conseil.

– Só se forem atacados – respondi.

O tempo ficou encoberto o dia todo. Quando voltamos, o capitão estava bastante pensativo.

O equinócio seria no dia seguinte, 21 de março; depois disso o Sol desapareceria por seis meses. Seria o começo da longa noite polar, até setembro, quando ele voltaria a surgir, a cada dia mais um pouco.

– Há uma forma de confirmar se atingimos o polo Sul – disse o capitão Nemo. – Se amanhã, ao meio-dia, o Sol estiver cortado exatamente ao meio na linha do horizonte, estamos com certeza no polo. A margem de erro será de cem metros.

Jantei um excelente filé de fígado de foca e, antes de dormir, invoquei o Sol para que não deixasse de aparecer no dia seguinte.

Às cinco da manhã eu já estava na plataforma, ao lado do capitão.

– O tempo está menos nublado. Tenho boas esperanças para hoje – disse ele.

Convidei Ned Land a se juntar a nós, mas ele estava irredutível. Pensando bem, com seu instinto de caçador, era uma sorte para as focas que ele não fosse.

O *Náutilus* estava a quatro quilômetros da costa, onde se via uma montanha de quinhentos metros de altura. No bote, íamos o capitão, eu e dois marinheiros com os instrumentos: cronômetro, luneta e barômetro.

Chegamos à praia às nove horas. As nuvens diminuíam. A escalada foi difícil, por causa das escarpas de lava e da fumaça nas fendas vulcânicas. O capitão Nemo e eu chegamos ao topo em duas horas.

Quinze minutos antes do meio-dia, o Sol saiu da bruma para se mostrar como um disco dourado. Ele espargiu os últimos raios sobre o continente desolado, no qual nenhum homem tinha pisado antes.

O capitão mediu a altitude do pico e observou o Sol com a luneta. Meu coração saltava. Se a desaparição do astro rei coincidisse com o meio-dia no cronômetro, seria a prova de que estávamos no polo.

– Meio-dia! – gritei.

– É o polo Sul! – disse ele em voz grave, passando-me a luneta. Vi o Sol cortado precisamente ao meio pela linha do horizonte.

Em seguida ele declarou, solene:

– Eu, capitão Nemo, neste dia 21 de março de 1868, atingi o polo Sul, sobre os noventa graus de latitude, e tomo posse desta parte do globo, que é o sexto continente entre as terras conhecidas.

– Em nome de quem, capitão? De que país? – questionei.

– Em meu nome, professor!

Então, desenrolou uma bandeira negra com um "N" dourado no meio. Em seguida, virou-se para o Sol e acrescentou:

– Adeus, astro radiante! Deite-se sobre o mar, e que a noite de seis meses estenda suas sombras sobre o meu novo domínio!

23. Acidente assustador

As constelações resplandeciam. No zênite, brilhava o lindo Cruzeiro do Sul. As placas de gelo se soldavam ainda mais. As baleias certamente escapavam por baixo delas para águas menos frias. As focas e as morsas, que continuariam naquele ambiente, abriam buracos no gelo a fim de subir e respirar. Os pássaros migravam para o norte.

Na madrugada do dia 23, acordei com um choque violento. Fui jogado bruscamente da cama para o chão. Os móveis do salão estavam virados. Alguns quadros tinham caído. Felizmente as vitrines do pequeno museu estavam intactas. O manômetro indicava trezentos e sessenta metros de profundidade.

O *Náutilus* tinha batido em algo e estava imóvel, tombado para estibordo. Escutei passos, vozes confusas. O capitão Nemo surgiu, muito preocupado. Em silêncio, observou os instrumentos. Depois, disse:

– Aconteceu um acidente. Um bloco enorme desmoronou e deslizou para baixo do *Náutilus*, que tombou. O gelo foi minado por baixo pela água em estado líquido, que é menos fria que ele, por isso o bloco caiu.

– Não podemos desencalhar descartando a água de lastro? – perguntei.

– Sim, é nisso que as bombas estão trabalhando. O *Náutilus* está subindo, mas o bloco de gelo abaixo dele está se erguendo também.

O *Náutilus* subiu cinquenta metros. Então, sentimos um pequeno movimento. Os objetos pendurados no salão começaram a se endireitar. Ninguém dizia nada. O chão voltava a ser horizontal.

O capitão deu ordens para interromper a subida do *Náutilus*. Por pouco não tínhamos sido esmagados contra a parte de baixo da banquisa.

O farol permitiu avaliar nossa situação. Acima, abaixo e dos lados, só gelo. O *Náutilus* estava numa espécie de túnel de água de vinte metros de largura. Íamos seguir em frente até encontrar uma passagem.

Depois de algum tempo avançando, no entanto, o *Náutilus* parou e pôs-se a navegar para trás. A saída pela frente estava bloqueada.

O manômetro indicava a profundidade constante de trezentos metros, a bússola mostrava que estávamos voltando de ré para o sul. A nossa velocidade, de trinta e seis quilômetros por hora, era excessiva para um túnel tão estreito e cheio de curvas, mas o capitão sabia que não podia perder tempo. Ali, os minutos valiam séculos.

Às oito e vinte e cinco, outro choque. Dessa vez, na popa. Meus companheiros e eu ficamos mudos; os olhos diziam melhor que as palavras o que se passava na cabeça de todos nós.

Nesse momento, o capitão surgiu. O gelo era impenetrável, estávamos aprisionados pela banquisa. Ele disse:

– Senhores, há dois modos de morrer nesta situação. O primeiro é esmagados pelo gelo. O segundo, asfixiados; só temos ar para dois dias. Vamos perfurar o gelo. Com a sonda, tentaremos detectar qual é o paredão menos espesso, que será aberto a picareta. Conto com a coragem e a energia dos senhores.

– Capitão, não é agora que vou criar caso – respondeu Ned Land. – Sei manejar a picareta tão bem como o arpão.

Pouco depois, de escafandro, o canadense auxiliava o capitão ao lado dos outros marinheiros.

A sonda de quinze metros perfurou as paredes laterais de gelo, mas não alcançou água. Era inútil fazer o mesmo para cima: a banquisa tinha centenas de metros. Porém, quando o solo de gelo foi perfurado, a água foi encontrada a dez metros. O trabalho de escavação começou em seguida.

Seria necessário fazer um buraco maior que o *Náutilus*. A escavação era feita não em volta dele, mas ao lado. Cada bloco de gelo escavado subia flutuando para o teto congelado. Com isso, a altura do túnel de água diminuía.

Em doze horas, só um metro fora escavado. Nessa média, o trabalho levaria cinco noites e quatro dias. Mas só tínhamos ar para dois dias! Isso sem contar que ao sair dali ainda estaríamos embaixo da banquisa, precisando alcançar um ponto de onde se pudesse subir em busca de ar.

A situação era terrível. Eu também fui ajudar na escavação. Outro problema surgiu: a água congelava junto às paredes laterais. Nosso espaço livre diminuía. O capitão disse:

— Não vejo forma de evitar isso. Temos de ir mais rápido que a solidificação.

No dia seguinte, ficou claro que o gelo nos espremeria antes de conseguirmos retirar o *Náutilus*. Desanimado, quase soltei a picareta. Para que continuar? Quando troquei ideias com o capitão, ele disse, para minha surpresa:

— O congelamento das paredes pode nos ajudar. Ao se solidificar, o túnel de água quebrará o campo de gelo em redor. Imagine uma caixa de pedra cheia de água; se ela virar gelo, a caixa explodirá.

— Mas as paredes de gelo estão prestes a esmagar o *Náutilus*. Não seremos nós a explodir antes do gelo?

— Pode ser, professor. Mas temos de contar com o nosso esforço. Racionei a liberação de oxigênio no *Náutilus*, porque ele está no fim. Só quem estiver escavando lá fora vai receber o ar.

No dia 26 de março, depois de muito refletir, o capitão Nemo teve uma ideia:

— Água fervente! Vamos jogar água fervente no gelo com as bombas do *Náutilus*. Isso retardará o congelamento.

Na cozinha, os aparelhos de destilação produziam água potável por evaporação. Aumentando a temperatura gerada por eles, a água atingiu cem graus e foi dirigida para as bombas, que atiravam jatos dela em pontos específicos do gelo.

Cinco horas depois, a temperatura da água lá fora subira de sete para quatro graus abaixo de zero. Durante a noite, subiu mais três graus. O congelamento fora estancado. "Vamos conseguir!", pensei.

No dia seguinte, só faltava escavar quatro metros de gelo: quarenta e oito horas de trabalho, ainda! Tínhamos conseguido fazer o oxigênio durar quatro dias! Hoje, ao escrever esta história, volto a sentir falta de ar nos pulmões só de lembrar aqueles momentos.

A situação só melhorava quando vestíamos o escafandro e recebíamos o ar reservado a quem estava escavando. Mesmo assim, ninguém prolongava o seu turno de trabalho. O capitão Nemo dava o exemplo: nas trocas de equipe, cedia o lugar a um companheiro, voltando sem se queixar à atmosfera viciada do *Náutilus*.

Quando faltava escavar apenas dois metros, as câmaras de ar estavam quase vazias. Meu sofrimento era indizível. O sufocamento e as dores de cabeça se misturavam às vertigens, à tontura insuportável. Meus companheiros sentiam o mesmo. Alguns tripulantes agonizavam.

Nemo, achando que as picaretas iam devagar demais, resolveu esmagar o gelo. Aquele homem refletia, planejava e agia. Seria a última tentativa.

Ele manobrou o *Náutilus* até pousá-lo em cima da área escavada, que as sondas perfuraram em mil pontos. Em seguida, mandou encher os tanques de água de lastro, para tornar a embarcação várias toneladas mais pesada.

O *Náutilus* trepidava. O gelo embaixo começou a rachar. De repente, ele se quebrou como um papel que se rasga, mas com grande estrondo. O *Náutilus* afundava como uma pedra.

As bombas passaram imediatamente a retirar a água dos tanques. Nossa queda cessou e voltamos a navegar. Quanto tempo demoraria para sairmos de baixo da banquisa?

Com o passar das horas, entrei em agonia. De repente, uma lufada de ar fresco me encheu os pulmões. Tínhamos chegado à superfície?

Não. Eram Conseil e Ned Land que se sacrificavam para me salvar, fazendo-me inalar os átomos de ar que sobravam no fundo de um escafandro.

Olhei para o relógio. Eram onze horas. Devia ser dia 28. O *Náutilus* navegava à velocidade estonteante de noventa quilômetros por hora. Onde estaria o capitão Nemo? Agonizando, talvez?

Estávamos seis metros abaixo da superfície. Um fino campo de gelo nos separava do ar livre. Poderíamos quebrá-lo?

Talvez. O *Náutilus* se colocou em posição inclinada e atacou como um touro feroz, investindo várias vezes contra o gelo.

Finalmente, o bloqueio se rompeu e o ar puro se introduziu em todas as partes do *Náutilus*.

24. Do cabo Horn à Amazônia

Ned me carregou até a plataforma, onde respirei com tanta força o revigorante ar marinho que até senti tontura.

– Não precisa economizar. Há oxigênio para todos – disse Conseil.

Quanto a Ned, até um tubarão se assustaria se o visse abrindo a goela naquela hora.

O capitão Nemo e os estranhos tripulantes do *Náutilus* não tinham vindo à plataforma; pareciam se contentar com o ar que circulava lá dentro. Agradeci aos companheiros que tinham salvado minha vida.

– Não foi nada – respondeu Ned Land.

– Eu, só de ver o senhor naquele estado, quase perdi a respir... – Conseil se interrompeu, ofegante.

– Agora temos de pensar em um jeito de fugir daqui. – Ned voltou à sua ideia principal. – Estamos indo para o Atlântico ou para o Pacífico?

Eu não sabia responder.

O círculo polar Antártico foi logo ultrapassado. Às sete da noite de 31 de março passamos diante do cabo Horn, no Chile, o ponto extremo sul do continente americano.

Pelo planisfério, constatei, satisfeito, que tínhamos voltado ao Atlântico. No dia seguinte, estávamos ao largo da Terra do Fogo. O navegante português Fernão de Magalhães deu esse nome à grande ilha do sul da América em 1520, por causa das grandes fogueiras dos indígenas que viu ao passar por ela.

Dia 4 de abril, passamos pelo rio da Prata, a cem quilômetros da costa do Uruguai. Para decepção de Ned Land, o capitão Nemo não gostava de navegar perto do Brasil, pois voltou a aumentar a velocidade do *Náutilus*.

Na tarde de 9 de abril, passamos pelo cabo de São Roque, perto do extremo leste da América. Poucos dias depois, apreciamos o estuário do rio Amazonas; a sua vazão é tão grande que torna doce a água do mar por muitos e muitos quilômetros.

Cruzamos a linha do equador. O capitão Nemo continuava sumido. Estávamos a menos de quarenta quilômetros da Guiana Francesa. O vento era forte, e não seria possível enfrentar as ondas com um simples escaler. Por isso, Ned Land não tocou no assunto da fuga.

O *Náutilus* navegou por um bom tempo à superfície do mar, com a rede de pesca estendida. O rio Amazonas traz para o oceano várias espécies de peixes de água doce, que são levadas pela correnteza mar adentro.

Conseil teve contato direto com uma espécie que nunca esquecerá. A rede trouxe uma arraia achatada, que formava um disco perfeito de uns vinte quilos. Era vermelha por cima e branca por baixo, com grandes manchas azuis. A arraia se debatia na plataforma quando Conseil quis devolvê-la à água. Assim que tocou nela, caiu de pernas para o ar, paralisado.

– Socorro! Professor! – gritou ele, e perdeu os sentidos.

Ned e eu fizemos várias fricções no corpo de Conseil. Quando recobrou a consciência, o grande classificador sussurrou, com a voz entrecortada:

– Classe dos cartilaginosos... ordem dos condropterígios... de brânquias fixas... subordem dos seláquios, família das raias... gênero das tremelgas.

– Foi uma arraia-elétrica que colocou você nesse estado – expliquei. – O choque dela pode matar peixes menores a metros de distância.

– Ah, mas eu vou me vingar... – disse Conseil.

– Como?...

– Hoje teremos arraia no jantar!

Foi por pura represália, porque (é preciso que se diga) a carne dela era meio dura e nada saborosa.

No dia seguinte, diante do Suriname, que pertencia à Holanda com o nome de Guiana Holandesa, avistamos vários grupos de manatis, que são cetáceos inofensivos. Eles alcançam sete metros e pesam até quatro toneladas. Contei a Ned e Conseil que a natureza destinou um papel importante a esses animais que não sabem se defender. Eles pastam nas planícies submarinas, tirando o excesso de plantas que atravancam a foz dos rios.

– Sabem o que aconteceu depois que os homens quase exterminaram esse animal tão útil? – continuei. – As plantas em excesso começaram a apodrecer, empesteando a água do mar nesta região. Mas isso não é nada diante do que acontecerá quando as baleias e as focas desaparecerem. Então, o excesso de polvos, medusas e águas-vivas poderá gerar grandes focos de infecções, porque esses animais não têm o grande estômago necessário para depurar a superfície dos mares.

25. O combate com os polvos

Fazia seis meses que éramos prisioneiros do *Náutilus*. Parecia que a viagem não ia terminar nunca. O capitão tinha voltado a aparecer, mas estava mais sombrio e taciturno.

Nemo tinha rompido com a humanidade, mas nós não. Como eu gostaria de sair dali e escrever o livro científico mais completo sobre os mares! Lá dentro, só me restava continuar estudando, estudando...

No dia 20 de abril, estávamos ao largo das ilhas Lucaias, também conhecidas como Bahamas. Do fundo oceânico se elevavam altas falésias com algas enormes. Lá pelas onze horas, Ned Land chamou a minha atenção para um grande formigamento naquelas plantas.

– São polvos! – expliquei.

– Eu gostaria de ver o *kraken*, aquele monstro enorme que consegue puxar um navio para o fundo do mar enrolando os tentáculos nele... Professor, o senhor acredita nisso? – perguntou Conseil.

– Para mim isso é lenda. A imaginação humana não conhece limites quando inventa monstros. Existem polvos e lulas bastante grandes, mas não maiores que as baleias. Em 1861, um navio francês pescou um polvo com tentáculos de seis metros; hoje, com a pesca desenfreada, é difícil encontrar algo assim.

– Professor – Ned apontou pelo painel de vidro –, veja se o bicho que está passando aí não é primo desse de 1861.

Tomei um susto: diante das vidraças se agitava um polvo digno de figurar numa lenda. Seus tentáculos tinham perto de oito metros. Viam-se com clareza as duzentas e cinquenta ventosas espalhadas na face interna dos tentáculos. Em alguns momentos, elas se agarravam aos vidros. A boca do monstro, a se abrir e fechar diante de nós, lembrava o bico de um papagaio. A língua, feita da mesma substância das unhas dos outros animais, tinha dentes afiados incrustados. Que invenção da natureza! O corpo carnudo e alongado devia pesar mais de vinte toneladas. Sua cor mudava rapidamente, conforme a irritação do polvo, do cinza-esbranquiçado ao marrom-avermelhado.

Por que aquele molusco estaria irritado? Sem dúvida, porque o *Náutilus* tinha invadido seus domínios e também porque não conseguia fazer nada contra o intruso. E pensar que os polvos e as lulas têm três corações, um principal e dois auxiliares, o que lhes dá tanta vitalidade.

Outros seis polvos do mesmo tamanho surgiram a estibordo. De repente, o *Náutilus* deu um solavanco e começou a subir. A hélice tinha parado. O capitão Nemo entrou no salão, seguido pelo imediato. Olhou para os polvos e disse alguma coisa ao seu auxiliar, que saiu em seguida.

Tentando melhorar o humor, comentei:

– Bela coleção de polvos!

– É bela mesmo, senhor naturalista – respondeu ele. – Mas teremos de lutar corpo a corpo com eles. Parece que um polvo agarrou as pás da hélice com a mandíbula e nos paralisou. A luta será difícil. Os disparos elétricos só fazem cócegas neles. Vamos usar machados...

– ... e arpão! – completou o nosso arpoador.

Dez homens com machados foram para a escada. Ned Land levou o seu instrumento. Conseil e eu também pegamos machados.

Um marinheiro desaparafusava a escotilha de cima quando, de repente, ela foi puxada com violência pelas ventosas de um polvo. Um tentáculo deslizou como uma cobra pela abertura, enquanto outros vinte se agitavam lá em cima. Com uma machadada, Nemo cortou aquele braço formidável, que escorregou escada abaixo se retorcendo.

Outros dois tentáculos agarraram com violência irresistível o homem que estava logo acima do capitão. Que cena! O infeliz marinheiro, preso pelas ventosas, balançava no ar, pedindo socorro. Ele gritava em francês, o que me deu arrepios. Era do mesmo país que eu... Até hoje aquele grito ecoa na minha cabeça.

Nemo cortou mais um tentáculo, enquanto os marinheiros, Ned, Conseil e eu atacávamos com vigor aquelas massas de carne. Um cheiro estranho enchia a atmosfera. Era horrível.

Cheguei a pensar que o homem enlaçado pelo polvo iria se salvar. Sete tentáculos do animal já tinham sido cortados, só faltava o que prendia o marinheiro. Porém, quando Nemo estava prestes a decepá-lo, o polvo lançou um jato de líquido escuro, secretado por uma bolsa situada no abdômen. Não conseguimos ver mais nada. Quando a nuvem preta se dissipou, ele tinha fugido, levando meu infeliz patrício.

Dez ou doze polvos invadiram a plataforma, cobrindo os dois lados do *Náutilus*. Os tentáculos viscosos pareciam renascer como as serpentes da cabeça da Hidra da mitologia. Ned Land ia perfurando os animais com o arpão, mas os tentáculos de um dos monstros o arrancaram da mão dele.

O grande bico do polvo se abriu sobre o arpoador para cortá-lo em dois. Mas o capitão foi rápido e mergulhou o machado entre as enormes mandíbulas. Salvo por milagre, o canadense recuperou o arpão e o enfiou inteiro no coração triplo do polvo.

– Eu lhe devia essa – disse o capitão Nemo. Sem falar nada, Ned Land se inclinou para agradecer.

O combate durou apenas quinze minutos, que pareceram horas. Os monstros, mutilados e feridos de morte, fugiram sob as ondas.

O capitão Nemo, coberto de sangue, imóvel, olhava para o mar que levara um de seus companheiros. Lágrimas corriam de seus olhos.

26. A corrente do Golfo

Li para Conseil e para Ned Land o que escrevi sobre aquele episódio horrível. Eles acham que o relato está correto, mas, para dar conta daquela comoção devidamente, seria preciso chamar o maior dos poetas franceses, Victor Hugo, autor de *Os miseráveis*.

A dor do capitão Nemo era imensa. Era o segundo companheiro que ele perdia depois de nossa chegada a bordo. E que morte, esmagado pelo tentáculo de ferro de um polvo!

Depois disso, o *Náutilus* não parecia seguir uma direção determinada. Ia para um lado, para outro, submergia, flutuava, como um corpo morto ao sabor das ondas. A hélice quase não era acionada.

Depois do combate com os polvos, eu também via as coisas de outro modo. Não sentia mais o entusiasmo de antes. Só mesmo Conseil para manter a calma naquela situação. O mar parecia o ambiente natural dele. Se esse bravo rapaz tivesse guelras em vez de pulmões, não tenho dúvida de que seria um peixe de primeira!

Só no início de maio deixamos a região das Lucaias para entrar na corrente do Golfo, que é como um grande rio que corre dentro do mar sem se misturar a ele, com seus animais e sua temperatura próprios. Sua água é salgada, mais salgada que a do mar atravessado por ela. Com largura média de cento e dez quilômetros e profundidade de novecentos metros, a corrente do Golfo avança pelo Atlântico a oito quilômetros por hora ao sair das Lucaias. A velocidade vai diminuindo à medida que ela segue para o norte.

Sugeri a Conseil que colocasse as mãos na água. Ele disse que ela não estava quente nem fria.

– Isso acontece porque a temperatura da água da corrente do Golfo, quando sai da costa do México, é quase igual à do nosso sangue. Levando calor, é ela que permite que a Europa seja um continente verdejante. Se a sua direção e o seu ritmo se alterarem algum dia, o clima europeu se tornará bem mais frio. A linha de divisão entre a água da corrente e a do oceano é tão marcada que existe até uma pequena diferença de altura entre elas. Mesmo as cores são diferentes: enquanto a corrente é mais verde, a água do oceano é bem mais azulada. A corrente do Golfo também transporta pequenas plantas e animais de um ambiente para outro. Até peixes um pouco maiores, como tubarões de um metro de comprimento, são arrastados por ela.

Em 8 de maio, estávamos a cinquenta quilômetros da costa dos Estados Unidos, mas o *Náutilus* parecia não ter rumo certo. As condições para fugir pareciam boas: o litoral não estava distante, e a todo momento passavam perto os navios a vapor de Nova York para as outras partes do mundo.

Somente uma coisa nos impedia de escapar: o mau tempo. Nessa área são comuns as tempestades, causadas principalmente pela diferença de temperatura entre a corrente do Golfo e as áreas próximas.

– Só vejo um caminho, professor – disse Ned. – Vamos pedir ao capitão que nos solte agora que estamos perto do meu país, o Canadá. Se ele não aceitar, eu me jogo na água. O senhor vai falar com ele hoje mesmo!

– Que seja – respondi, sem ver alternativa.

Decidi falar com Nemo logo em seguida, pois prefiro não adiar o que deve ser feito. Bati à porta dele. Ninguém respondeu. Apertei o botão, e a porta se abriu. Entrei. Encurvado à mesa de trabalho, ele ergueu a cabeça e me disse com aspereza:

– O senhor aqui?!

– Capitão, o meu assunto não pode esperar... – comecei. Ele me interrompeu:

– Pode sim, professor Aronnax. Veja: este é o resultado dos meus estudos sobre o mar. Está escrito em várias línguas e, se Deus quiser, não vai morrer comigo. Ele contém a história da minha vida e será fechado num pequeno aparelho insubmersível. O último sobrevivente do *Náutilus* deverá jogá-lo ao mar; ele irá aonde as águas o levarem.

O mistério daquele homem, escrito por ele próprio, seria revelado à humanidade!

– Concordo plenamente, capitão. O fruto dos seus estudos não pode ser perdido. Mas quem sabe aonde os ventos levarão esse escrito, em que mãos ele cairá? Não haveria solução melhor?... – perguntei.

– Não! – respondeu ele, abruptamente.

– Mas eu e meus companheiros poderemos guardar o manuscrito em segredo se o senhor nos conceder a liberdade...

– A liberdade?...

– Sim! Já estamos aqui há seis meses. Por quanto tempo o senhor ainda pretende nos manter a bordo?...

– Professor Aronnax, se não respondi a essa questão há seis meses, respondo hoje: quem entra no *Náutilus* não sai mais.

– Então somos escravos...

– Dê o nome que quiser a isso... Algum dia eu acorrentei o senhor?

– Capitão, peço desculpa por insistir. Não se trata apenas de mim. Como o senhor, espero deixar o pequeno resultado dos meus estudos para o proveito de outros. Admiro as suas realizações, mas é impossível continuarmos assim, principalmente para Ned Land.

Ele se ergueu:

– Então, que Ned Land tente o que quiser. Não fui eu quem saiu à procura dele. Não é por minha vontade que ele está aqui. Não tenho mais nada a dizer. Que seja a última vez que tratamos deste assunto! Da próxima, talvez eu nem chegue a escutá-lo.

Quando relatei essa conversa, Ned concluiu:

– Não adianta esperar nada desse homem. Vamos fugir, não importa o tempo que faça.

O céu ficara cada vez mais ameaçador. A tempestade se desencadeou no dia 18 de maio. Por um capricho inexplicável, o capitão Nemo foi para a plataforma enfrentar o furacão.

Às três da tarde, o vento soprava a vinte e cinco metros por segundo. O capitão continuava firme: ele tinha mandado amarrar seu corpo ao mastro para enfrentar a fúria do clima. Eu dividia minha admiração entre a tempestade e a coragem do homem incomparável que a desafiava.

A altura das ondas crescia e o *Náutilus* era sacudido com força. Às cinco horas, a tormenta atingiu quarenta e cinco metros por segundo, ou cento e sessenta e dois quilômetros por hora. A essa velocidade, os furacões derrubam casas, fazem os telhados sair pelas portas, deslocam os canhões nas fortalezas. As ondas chegavam a quinze metros de altura e o *Náutilus* exibia sua flexibilidade: não era uma rocha, mas um tubo de aço que obedecia à fúria dos vagalhões sem se deixar derrotar.

Ao anoitecer, vi passar um grande navio a vapor que lutava para se manter à tona. Devia ser da linha de Nova York a Liverpool. Logo o perdi de vista, na escuridão.

Às dez da noite o céu estava em fogo, riscado por raios violentos. Um barulho terrível, composto do rugir das ondas, o uivar dos ventos e o ribombar dos trovões, preenchia o ar. O capitão Nemo, desafiando a tormenta, parecia desejar uma morte destemida, atingido por um raio.

Ele só desceu por volta da meia-noite. O *Náutilus* submergiu lentamente para as águas calmas das profundezas. Pelas vidraças, grandes peixes, mortos pelos raios, passavam como fantasmas.

O *Náutilus* rumava para nordeste. As esperanças de fugir para o Canadá se desvaneceram.

Na região chamada banco da Terra Nova, o *Náutilus* abriu caminho entre cardumes imensos e compactos de bacalhaus. Conseil comentou:

– Nunca vi tanto peixe junto! E eu que pensava que o bacalhau fosse achatado...

– É porque nunca viu um bacalhau vivo. Ele é um peixe roliço como a maioria, só no mercado é que aparece cortado em postas salgadas e achatadas. Estamos vendo muitos, mas haveria muito mais se não fosse a pesca desenfreada. Só aqui, a Inglaterra e os Estados Unidos usam cinco mil navios, com setenta e cinco mil marinheiros, na pesca do bacalhau. Cada navio pesca vinte e cinco milhões de peixes a cada ano. E na Noruega acontece a mesma coisa. Se não fosse pela fecundidade dos bacalhaus, os mares teriam muito menos peixes.

Os navios pesqueiros tinham estendido inúmeras redes. Por isso, o *Náutilus* navegava com atenção redobrada em meio àquele labirinto.

Na altura do paralelo de 47°, viramos para leste, acompanhando a rota do cabo submarino do telégrafo que liga a Europa e a América do Norte. Consegui enxergar o cabo estendido, brilhando sobre o fundo. Conseil pensou que fosse uma serpente marinha gigantesca e se pôs a fazer a devida classificação. Mas eu lhe disse o que era e contei a história da colocação do cabo transatlântico.

Depois de várias tentativas anteriores, em 13 de julho de 1866 começou a ser desenrolado a partir da Irlanda o cabo definitivo, protegido por uma camada de guta-percha. No dia 27 do mesmo mês, o navio que o estendia chegou à Terra Nova, no Canadá.

Recoberto de conchas e protegido da ação de animais perfurantes, ele repousava no fundo, conduzindo a centelha elétrica que transmite informações entre a América e a Europa em trinta e dois centésimos de segundo.

Em 28 de maio, estávamos a menos de cento e cinquenta quilômetros da Irlanda. Os olhos de Ned Land voltaram a brilhar de esperança. Mas logo o *Náutilus* virou na direção sul. Para onde iríamos? O canal da Mancha?

No dia 31, o *Náutilus* fez uma série de círculos que me deixaram intrigado. Ao meio-dia, o capitão Nemo surgiu na plataforma sem dizer nada e mediu a altura do sol. Parecia mais sombrio que nunca. Seria pela proximidade da Europa? Teria saudade do seu país, que não sabíamos qual era? Sentiria algum tipo de culpa ou remorso?

A navegação em círculos continuou no dia seguinte. Era evidente que o capitão procurava um ponto específico. O mar estava calmo, o céu era azul. Um grande navio a vapor se desenhou contra a linha do horizonte, a uns quinze quilômetros a leste. Estranhei o fato de ele não ter bandeira, não se podia identificar de que país era. De repente, o *Náutilus* parou. O capitão exclamou:

– É aqui!

O *Náutilus* submergiu verticalmente, pousando no solo marinho a oitocentos e trinta e oito metros de profundidade. Os painéis de vidro se abriram.

Iluminadas pelo farol do *Náutilus*, viam-se ao longe as formas de um navio coberto de conchas esbranquiçadas como um lençol de neve. O naufrágio devia ter ocorrido muito tempo antes. Escutei a voz pausada de Nemo ao meu lado:

– Esse navio se chamava *A Marselhesa*. Tinha sessenta e quatro canhões e participou de várias batalhas navais, até que a República Francesa mudou o seu nome. Neste mesmo lugar, a 47°24' de latitude norte e 17°28' de longitude oeste, nesta mesma data, 1º de junho, mas no ano de 1794, depois de combates heroicos, ele foi derrotado pelos inimigos da Revolução Francesa. Tendo perdido os três mastros, com água nos porões e um terço da tripulação fora de combate, em vez de se render ele preferiu afundar com seus trezentos e cinquenta marinheiros, aos gritos de "Viva a República!".

– O *Vingador*! – exclamei.

– Exatamente, professor. Este navio é o *Vingador* – disse o capitão Nemo em voz baixa.

27. A hecatombe

A história do navio naufragado e a emoção visível daquele homem estranho ao dizer o nome do navio – *Vingador* – me deixaram pensativo.

Na plataforma, o capitão estendeu as mãos para o mar. Eu nunca soube quem ele era realmente. Com certeza, porém, era um homem que se emocionava e que decidira se afastar da sociedade com seus companheiros devido a algum ódio que o tempo não conseguira apagar.

Estaria ele em busca de alguma vingança? O futuro responderia bem logo a essa pergunta.

Nemo e eu descemos para o salão. De repente, ouvimos um tiro de canhão. Ele continuou impassível. Voltei depressa para a plataforma. Conseil e Ned já estavam lá. O navio sem bandeira que eu havia notado antes vinha em nossa direção.

– Parece um navio de guerra, um encouraçado – observou o arpoador.

Uma fumaça branca surgiu à frente do navio. Alguns segundos depois a água se agitou, atingida por um objeto pesado. O barulho da detonação me deixou surdo por alguns instantes.

– Como? Estão atirando em nós? – perguntei, espantado.

– Acho que reconheceram o narval gigante procurado por todos – concluiu Conseil.

– Mas eles devem estar vendo que há pessoas aqui – objetei.

– Talvez estejam atirando por isso mesmo! – replicou Ned.

Pensei então: quando o *Náutilus* se defrontara com o *Abraham Lincoln* e o arpão de Ned Land deslizara no casco de aço, o comandante Farragut devia ter percebido que o suposto narval era na verdade um barco submarino, mais perigoso que um cetáceo sobrenatural. Sem dúvida, desde então o *Náutilus* era procurado por todos os mares.

Em vez de encontrar socorro naquele navio, com certeza cairíamos nas mãos de inimigos encarniçados. O encouraçado já estava a menos de cinco quilômetros.

– Façam sinais! Eles vão entender que somos prisioneiros! – gritou Ned, erguendo o braço com um lenço para agitá-lo. Mas não houve tempo. Um golpe poderoso da mão de Nemo lhe torceu o braço atrás das costas.

– Quer morrer antes que o esporão do *Náutilus* atinja o encouraçado? – perguntou o capitão, que subira naquele instante. O aspecto dele era terrível.

O navio continuava a atirar, mas não nos atingia. Sem largar Ned, Nemo rugiu:

– Ah, você sabe quem eu sou! Não preciso ver a sua bandeira para saber de que nação maldita veio!

Uma bala de canhão resvalou no *Náutilus* e se perdeu no mar. Nemo fez um gesto de pouco-caso.

– Desçam! – ordenou ele. – Vou afundar esse navio.

– O senhor não vai fazer isso – disse eu.

– *Eu vou fazer isso!* E não me julgue, professor. Estou sendo atacado, e a resposta será terrível. Desçam!

Quinze marinheiros de ar ameaçador vieram se colocar em volta de Nemo. Descemos no instante em que outro projétil raspava o casco do *Náutilus*. Ainda escutei a voz irada de Nemo:

– Atirem! As suas balas são inúteis! Vocês não me escapam! Mas não será aqui, não quero que os seus restos se misturem com os do *Vingador*!

Rápido, o *Náutilus* se afastou, mantendo apenas a distância suficiente para não ser atingido.

Às quatro da tarde, voltei à plataforma. Agitado, o capitão parecia uma fera na jaula. Tentei chamá-lo à razão, mas ele me interrompeu:

— Eu sou o direito, eu sou a justiça! *Aquele* é o opressor! — e apontou para o encouraçado. — Foi ele que me tirou tudo o que amei: minha nacionalidade, a família, a mulher, os filhos, meu pai, minha mãe, todos morreram diante de mim. Tudo o que odeio está ali!

Desci. Surpreso comigo mesmo, disse para Ned Land e Conseil:

— Vamos fugir durante a noite! É melhor se arriscar a morrer perto do encouraçado que ficar aqui.

A noite chegou. Um silêncio profundo reinava a bordo. Só se ouvia a hélice lá fora. O *Náutilus* iria deixar o adversário se aproximar para atacá-lo. Nesse momento, teríamos uma possibilidade de escapar.

Às três horas da madrugada, inquieto, voltei à plataforma. O capitão Nemo continuava lá, olhando fixo para o navio de guerra.

A lua estava no alto. Júpiter se erguia a leste. O mar era o espelho do céu; os dois rivalizavam para ver quem era o mais tranquilo. Estremeci ao pensar no contraste da calma da natureza com a agitação dos homens dentro do *Náutilus*.

O encouraçado tinha se aproximado. A água refletia as suas luzes. Ao primeiro clarão do sol, o canhoneio recomeçou, já a dois quilômetros e meio de nós.

Voltei para o salão. O *Náutilus* submergiu um pouco; apenas a plataforma e o topo das cabines do farol e do timoneiro afloravam à superfície.

— Amigos, chegou a hora! — disse eu, nervoso. Conseil estava sereno e Ned Land, decidido.

Quando chegamos ao pé da escada, a escotilha superior se fechou subitamente. A água de lastro penetrava nos tanques com um silvo. O *Náutilus* submergiu. Era tarde demais para nós.

Fomos nos refugiar na minha cabine, em silêncio, aguardando o drama sinistro que se preparava. Meu cérebro parecia paralisado. Meu único sentido em funcionamento parecia ser a audição.

A velocidade do *Náutilus* aumentou sensivelmente. Sentimos um choque rápido. O esporão do *Náutilus* tinha perfurado o encouraçado como uma agulha num tecido. O navio de guerra fora atingido abaixo da linha da flutuação, onde a couraça metálica não protegia o casco.

Alucinado, precipitei-me para o salão. O capitão Nemo estava lá. Mudo, sombrio, implacável, olhava pela vidraça de bombordo.

A massa enorme do navio afundava. Para não perder um momento de sua agonia, o *Náutilus* descia ao lado dele. A dez metros de mim, vi o convés do encouraçado repleto de sombras que se agitavam: os infelizes marinheiros se contorciam, se agarravam aos mastros. Parecia um formigueiro humano invadido pelo mar. Angustiado, de cabelos em pé, eu via aquilo sem respirar. Uma atração irresistível me colava ao vidro.

Uma explosão se produziu. O ar comprimido arrancou o convés do navio. O próprio *Náutilus* balançou, e o infeliz encouraçado afundou mais rapidamente. A massa sombria desapareceu, com sua tripulação.

Nemo seguiu para os seus aposentos. Acompanhei-o com o olhar. Sobre a escotilha do fundo da cabine, acima dos quadros de seus heróis, vi o retrato de uma mulher jovem com duas crianças. O capitão Nemo olhou para ele e, ajoelhando-se, rompeu num choro convulsivo.

28. As últimas palavras do capitão Nemo

Trevas e silêncio a bordo do *Náutilus*.

Não importa o que houvesse sofrido nas mãos dos homens, o capitão Nemo não tinha o direito de puni-los daquela forma.

O *Náutilus* seguia para norte a quarenta quilômetros por hora, a nove metros de profundidade.

Eu via passar as criaturas do mar, de cavalos-marinhos a tubarões, mas não sentia mais vontade nenhuma de estudá-las nem de pedir a Conseil que fizesse a sua classificação.

À noite, não consegui dormir. Tive pesadelos com a horrível cena de destruição, que se repetia em minha mente.

O tempo escorria sem sabermos em que dia ou hora estávamos. Nenhum ponto era marcado no planisfério. Não tínhamos a menor ideia de nossa localização. Talvez tenhamos passado pelas ilhas perto do polo Norte, pelo mar de Barents, pela foz do Obi. Eu não saberia dizer.

O desvario do *Náutilus* se estendeu por quinze ou vinte dias. Não sei quanto tempo mais teria durado se não fosse a catástrofe que concluiu a viagem. O capitão Nemo havia sumido de vez. O *Náutilus* parecia um navio deserto, manobrado por pessoas invisíveis. Quando necessário, subia à superfície para a renovação do ar. Só víamos o camareiro, que, sempre mudo, trazia nossas refeições.

Ned Land estava desanimado. Conseil, preocupado, não dizia nada.

Não sei em que dia, acordei com um sussurro de Ned:

– Vamos fugir esta noite. Ninguém está nos vigiando. Consegui enxergar terra a leste. O mar está agitado, mas não importa. Escondido, já levei víveres e uns garrafões de água para o escaler. Vamos tentar, mesmo que nos matem.

– Morreremos juntos, mestre Land.

O dia foi longo, muito longo, o último que passei no *Náutilus*. Às seis horas da tarde, Ned veio me dizer:

– Fugiremos às dez, aproveitando a escuridão. A lua só aparecerá depois disso. Conseil e eu vamos esperar no escaler.

Fui ao salão para ver pela última vez as riquezas artísticas do museu, maravilhas da natureza destinadas a desaparecer um dia no fundo do mar. Eu queria gravar tudo aquilo no fundo dos olhos.

Voltei à cabine e vesti o traje impermeável. Guardei minhas anotações dentro dele. Meu coração batia com força. Se Nemo me visse, descobriria tudo só de me olhar.

Repassei na mente tudo o que vivera a bordo do *Náutilus*. Revi muitas imagens, estranhas, encantadoras ou perigosas: a floresta submarina, o estreito de Torres, a passagem de Suez, o Mediterrâneo e o Atlântico, o polo Sul, o bloqueio sob a banquisa, a luta com os polvos, a corrente do Golfo, o *Vingador* e a horrível cena do navio afundado com toda a tripulação. O capitão Nemo adquiria uma dimensão sobre-humana em minha mente. Ele não era mais uma pessoa como eu; era o gênio das águas marinhas.

Segurei a cabeça para que ela não explodisse. Eram nove e meia. Tentei não pensar mais. Ainda faltava meia hora!

Nesse momento, ouvi os acordes do órgão, uma harmonia triste, o lamento de uma alma que rompe as ligações com a terra. Usei todos os sentidos para escutar o êxtase musical do capitão Nemo, que o transportava para fora dos limites deste mundo.

Um pensamento súbito me aterrorizou. Eu devia passar por ele para fugir. Se me visse, um simples gesto de Nemo poderia me prender.

Segui com cautela pelo corredor. A escuridão era profunda. Soavam os acordes. Mesmo que o salão estivesse muito iluminado, o capitão não me perceberia em seu êxtase.

Arrastando os pés sobre o tapete, levei minutos para chegar à porta que dava para a biblioteca. De repente, um suspiro do capitão Nemo me imobilizou. A luz fraca da biblioteca se filtrava para a penumbra do salão. Mais deslizando que andando, Nemo veio como um fantasma em minha direção e disse as últimas palavras que escutei dele:

– Deus Todo-Poderoso! Já chega!

Seria a voz do remorso na sua consciência?

Eu me precipitei para a escada. Subi e entrei no escaler.

– Vamos! – falei, quase gritando.

Ned Land fechou com a chave inglesa a passagem que dava para o escaler. Em seguida, pôs-se a desenroscar os parafusos que ainda nos prendiam ao *Náutilus*.

Ouviram-se vozes altas. Teriam dado pela nossa fuga? Ned colocou um punhal na minha mão. Uma palavra terrível, um grito repetido vinte vezes, me revelou a causa da agitação que se propagava pelo *Náutilus*:

– O *maelström*! O *maelström*!

Era o grito mais terrível que se poderia ouvir.

Quando a maré sobe, as águas se precipitam com violência irresistível entre duas ilhas da costa norte da Noruega, formando um turbilhão chamado *maelström*, "o umbigo do oceano". De todos os lados confluem ondas monstruosas. Seu poder de atração se estende até quinze quilômetros, engolindo as baleias e até os ursos-polares que nadem por ali. Nem os navios conseguem escapar desse sorvedouro.

O *Náutilus* fora apanhado pelo imenso redemoinho. Talvez o seu capitão o tivesse levado até lá de propósito. Ele girava numa espiral que se fechava cada vez mais, em velocidade vertiginosa. Suando frio, estávamos tomados pelo pavor. Ouvia-se o estrondo das águas a bater contra as rochas agudas do fundo. O aço do *Náutilus* estalava. O escaler se soltou e foi atirado para o centro do turbilhão.

Bati com a cabeça em alguma coisa de ferro e perdi a consciência.

29. Epílogo

Esta é a conclusão da viagem submarina. O que se passou naquela noite, como o escaler escapou ao repuxo do *maelström*, como Ned Land, Conseil e eu nos salvamos – não sei dizer. Quando dei por mim, estava na cabana de um pescador das ilhas Lofoten. Ao meu lado, os amigos me abraçavam de alegria.

Nem podíamos sonhar com a volta à França naquele momento. Teríamos de esperar a passagem do barco a vapor que liga o norte e o sul da Noruega duas vezes por mês.

Ainda entre o povo generoso que nos acolheu, comecei a revisão destas aventuras. O relato é exato, não omiti nenhum detalhe, não exagerei nada. É a narrativa fiel de uma expedição inacreditável, uma rota submarina que hoje é inacessível aos homens, mas que o progresso conseguirá desbravar algum dia.

Alguém acreditará na minha história? Não sei. Afinal, pouco importa. O que posso afirmar é que tenho o direito de falar sobre o mundo submarino, que me revelou tantas maravilhas em menos de dez meses, ao longo de vinte mil léguas.

Mas que terá acontecido ao *Náutilus*? Terá resistido à força terrível do *maelström*? Será que o capitão Nemo ainda está vivo? As ondas trarão algum dia o manuscrito com a história de sua vida? Viremos a saber o nome verdadeiro e a nacionalidade desse homem?

Espero que sim. Também espero que seu poderoso aparelho submarino tenha vencido o sorvedouro mais terrível do mar, onde tantos navios sucumbiram. Se o capitão Nemo ainda habita o oceano, sua pátria de adoção, que o espírito de vingança possa se aplacar em seu coração feroz! Que o justiceiro dê lugar ao sábio que explora pacificamente os mares e contempla suas maravilhas!

O destino dele é estranho, mas é sublime também. Assim, ao ler esta pergunta feita há milhares de anos na Bíblia, no livro do Eclesiastes: "Quem pôde alguma vez sondar as profundezas do abismo?", dois homens, entre todas as pessoas, têm o direito de respondê-la agora. O capitão Nemo e eu.

Navegando pelas vinte mil léguas submarinas

Correndo mundo,

você vai fundo,

Lendo livros, livres ficamos.

Chegamos ao centro,

ficamos por dentro,

e mais nos amamos.

1. A imaginação percorre o mundo inteiro

A história de *Vinte mil léguas submarinas* foi imaginada pelo escritor francês Júlio Verne e publicada em capítulos no *Magasin d'éducation et de récréation* ("Revista de educação e recreação"), de 20 de março de 1869 a 20 de junho de 1870. Ao longo de um ano e três meses, os leitores franceses aprenderam coisas novas, se divertiram e se emocionaram com as aventuras passadas em um misterioso submarino nos oceanos do mundo todo. Os capítulos publicados na revista foram reunidos e lançados em forma de livro, em dois volumes, logo em seguida.

Coleção particular

Retrato de Júlio Verne.

Na sensacional aventura, o que mais chamava a atenção dos leitores, claro, era o próprio submarino, o *Náutilus*. Não existia nada igual nos mares; nenhum navio saía por aí navegando embaixo da água! Mas hoje, mais de cento e cinquenta anos depois, ninguém se admira quando ouve falar em submarinos.

Além de *Vinte mil léguas submarinas*, Júlio Verne imaginou muitas outras aventuras famosas. Algumas delas são impossíveis de acontecer até hoje, pelo menos com a tecnologia atual, como é o caso da história contada no livro *Viagem ao centro da Terra*. Outras, como a de *A volta ao mundo em oitenta dias*, eram viagens que só poderiam ser feitas com muita dificuldade, usando as tecnologias mais modernas daquela época. *Vinte mil léguas submarinas* faz parte do grupo das aventuras impossíveis de realizar quando Verne criou a história, mas que depois se tornaram perfeitamente factíveis, graças às novas invenções e descobertas, como o submarino e o uso prático da eletricidade. Em resumo: eram todas viagens imaginárias, mas que em muitos casos poderiam acontecer de verdade algum dia.

O grande achado de Verne é que, sendo um artista muito estudioso, sabia projetar no futuro as tecnologias da época: além de criar aventuras sensacionais, ele parecia ter uma bola de cristal quando se tratava de inventar coisas que ainda não existiam. Além do submarino capaz de percorrer os oceanos, os personagens de seus livros usaram inventos que para nós são perfeitamente comuns, como a televisão, o helicóptero, o escafandro autônomo, o satélite artificial e até a cerca elétrica. Entre essas aventuras extraordinárias estão algumas que só se realizaram depois, como a chegada ao polo Sul (em *Vinte mil léguas submarinas*) e a viagem espacial do livro *Da Terra à Lua*.

Com seus livros, ele inspirou muitos cientistas e descobridores. Um exemplo disso foi o do explorador Richard Byrd, chamado de "conquistador do polo Sul". Quando *Vinte mil léguas submarinas* foi escrito, ainda se conhecia muito pouco sobre o continente gelado, a Antártica (ou Antártida, como dizem alguns). Por isso, Verne imaginou o capitão Nemo chegando ao polo Sul por baixo da banquisa de gelo, o que é impossível. E foi apenas em 1929 que Richard Byrd fez o primeiro voo de avião sobre o polo Sul. Ele ainda sobrevoou a Antártica várias outras vezes e fez esta revelação: "Júlio Verne é o meu guia".

2. Almanaque das curiosidades de *Vinte mil léguas submarinas*

Os detalhes

Ler é viajar, é aprender, é se divertir. As histórias de Júlio Verne estão entre as melhores que podemos ler para nos divertir enquanto aprendemos uma infinidade de coisas.

É costume dizer que a qualidade de uma obra se vê nos detalhes. E *Vinte mil léguas submarinas* tem tantos detalhes curiosos que seria preciso escrever outro livro inteiro só para revelar os seus segredos. Nele, aprendemos muitas palavras novas (algumas delas vindas de outras línguas) e conhecemos modos de vida diferentes, outras roupas e comidas, paisagens estranhas ou maravilhosas, pessoas que pensam de modo diferente de nós – ou bem semelhante... Além de podermos sentir as emoções vividas pelos personagens, entramos em contato com diversos conhecimentos novos, curiosos e importantes.

Ou seja, ler *Vinte mil léguas submarinas* propicia conhecer um verdadeiro almanaque de curiosidades. Aqui estão várias delas:

Légua

Légua é uma palavra antiga para indicar uma distância muito grande. Mas vinte mil léguas medem quanto?

O fato é que, antes de o sistema métrico decimal ser colocado em prática, as medidas de comprimento, por exemplo, eram feitas das formas mais variadas e confusas: em braças, pés, jardas, milhas, léguas etc. E alguns países ainda usam essas medidas. O sistema métrico foi aplicado pela primeira vez a partir da Revolução Francesa, em 1789. Com o tempo, terminou sendo introduzido em quase todos os países do mundo, evoluindo para o atual Sistema Internacional de Unidades (SI), que serve para medições de todos os tipos: de comprimento, de peso, de volume etc.

A medida da légua variou bastante, de acordo com a época, o país e o lugar medido. Ou seja, era muito fácil criar confusão por causa dela. Por exemplo, a légua terrestre variou de mais ou menos 4,5 quilômetros a mais de 6 quilômetros. Já a légua marítima é medida de maneiras diversas por diferentes especialistas, podendo ir de 4.444 a 6.172 metros. Em *Vinte mil léguas submarinas*, os tripulantes e os passageiros do *Náutilus* percorreram 80 mil quilômetros, ou 20 mil léguas, o que significa que foi usada a medida de 4 quilômetros por légua.

Submarino

A ideia de construir uma embarcação para navegar embaixo da água é bem antiga. O famoso pintor da *Mona Lisa*, Leonardo da Vinci, também gostava de fazer projetos de máquinas. Esse artista era uma verdadeira enciclopédia ambulante; acredita-se que projetou um submarino por volta de 1515, mas ele não chegou a ser construído e testado. Foi só mais de cem anos depois, em 1624, que o inventor holandês Cornelis Drebbel conseguiu testar um aparelho que funcionava. Ele colocou no rio Tâmisa, em Londres, um pequeno barco totalmente revestido de couro, que mergulhou até 4 metros e meio de profundidade, com espaço para um remador dentro de uma cápsula vedada. Mesmo assim, esse protótipo de submarino praticamente não conseguia sair do lugar.

Várias outras tentativas foram feitas por cientistas e inventores nos séculos seguintes, sempre usando a força humana para mover os objetos submersos. Numa das experiências mais bem-sucedidas, o americano David Bushnell fez um pequeno submarino de madeira em 1775. Nele, cabia apenas o piloto, que girava uma hélice com o uso de uma manivela para ir para a frente. Para subir e descer, uma comporta de água era enchida e esvaziada, num sistema parecido com o projetado pelo capitão Nemo. Em 1800, o inventor Robert Fulton, dos Estados Unidos, projetou um submarino de 6 metros e meio de comprimento, no qual cabiam três tripulantes, e que podia ser movimentado também por uma hélice a manivela. Fulton ofereceu-o aos líderes da Revolução Francesa, para ajudá-los a resistir aos ataques da Grã-Bretanha, mas não deu muito certo – apesar de o aparelho poder ficar submerso por até seis horas. Esse submarino se chamava... *Náutilus*.

Em 1859, o espanhol Narciso Monturiol fez o *Ictineo*, submarino movido por máquinas a vapor, que foi usado na exploração de coral. Em 1863, sete anos antes do início da publicação de *Vinte mil léguas submarinas*, uma equipe francesa construiu o *Plongeur* ("Mergulhador"), um submarino de 42 metros com motor a ar comprimido, no qual cabiam sete tripulantes. Era o primeiro aparelho que não dependia da força humana para se mover. No ano seguinte, no *Ictineo*, Monturiol conseguiu projetar um sistema de renovação do ar respirável a bordo. No entanto, todos esses modelos tinham alcance limitado em termos de velocidade e distância percorrida – nenhum deles conseguiria enfrentar um oceano como o *Náutilus* do capitão Nemo.

Depois da construção do *Peral*, tripulado por doze homens e projetado em 1885 pelo engenheiro espanhol Isaac Peral, com casco de aço, motor elétrico e duas hélices, o submarino passou a fazer parte do imaginário cotidiano como uma possibilidade real. Lançado à água em 1889, o *Peral* atingia a profundidade de 30 metros a 17 quilômetros por hora e podia ficar 65 horas embaixo da água, com autonomia de 500 quilômetros. As experiências com motores movidos a gasolina, diesel, vapor e baterias se sucederam, e em 1955 os Estados Unidos lançaram ao mar o primeiro submarino a energia nuclear, chamado... *USS Náutilus*. No mesmo ano, ele navegou embaixo da calota polar do oceano Ártico, perto do polo Norte.

Náutilus

O nome do submarino do capitão Nemo se inspirou no modelo construído em 1800 pelo inventor Robert Fulton, que também se chamava *Náutilus*.

Náutilus também é o nome de um gênero de molusco com concha do fundo dos oceanos Índico e Pacífico. Em português, esse marisco tem o nome de "náutilo".

Nemo

É interessante saber que o próprio nome do capitão Nemo tem um significado bem especial em língua latina. O latim não é mais falado, mas a língua portuguesa é um dos idiomas que surgiu a partir dele. Em latim, a palavra "*nemo*" significa "ninguém".

Um bom exercício é tentar imaginar por que Júlio Verne escolheu essa palavra para o nome do comandante do *Náutilus*.

Seja como for, é também interessante notar que o capitão Nemo já era a favor de proteger a vida marinha que ele tanto amava, sendo contrário à caça das baleias e à crueldade com os animais, por exemplo. Também é notável a defesa que ele pretendia fazer, do seu jeito, das pessoas oprimidas e desfavorecidas do mundo.

Eletricidade

Na época de Júlio Verne, várias experiências com eletricidade já haviam sido feitas. No entanto, quando acontece a aventura de *Vinte mil léguas submarinas*, a sua aplicação prática em aparelhos e utensílios ainda não havia se desenvolvido.

A humanidade conhecia a existência de fenômenos elétricos fazia séculos; o complicado era encontrar a maneira de aproveitá-los para facilitar a vida no dia a dia. Por exemplo, a iluminação artificial ainda era feita com tochas e velas. A queima do gás para iluminar as ruas e os ambientes fechados era uma descoberta recente, do próprio século XIX.

O cientista italiano Alessandro Volta tinha inventado a pilha em 1800. Trinta anos depois, o inglês Michael Faraday fez estudos e experiências que levaram à construção do primeiro motor elétrico, em 1866, pelo alemão Werner von Siemens. Em 1873 – ou seja, apenas três anos depois do fim da publicação de *Vinte mil léguas submarinas* –, o cientista belga Zénobe Gramme conseguiu levar a eletricidade de um ponto a outro através de cabos condutores. Em 1876, o americano Graham Bell patenteou o telefone elétrico. E outro cidadão dos Estados Unidos, Thomas Edison, lançou comercialmente a lâmpada incandescente em 1879.

Para mover e iluminar o *Náutilus*, Verne imaginou que o capitão Nemo conseguiria a eletricidade com o uso do sódio, como indicavam estudos científicos da época. No entanto, depois de décadas de experiências, os cientistas e os engenheiros deixaram o sódio de lado, porque o processo de obter eletricidade a partir dele apresentava mais problemas que soluções. Essa não foi uma previsão acertada de Verne – pelo menos não até agora.

A passagem pelo Canal de Suez

A África e a Ásia estão ligadas por um istmo (isto é, uma faixa estreita de terra): é o istmo de Suez. Desde a Antiguidade surgiu a ideia de construir um canal que ligasse os dois mares separados por ele: o Mediterrâneo e o Vermelho. Ao passar pelo istmo, os navios que fizessem a viagem entre a Europa e a Ásia economizariam muito tempo, não precisando realizar o longo trajeto que significa dar uma volta em torno de quase toda a África.

Há dois mil e setecentos anos, os faraós (os reis do Egito) mandaram escavar um primeiro canal na região, mas com o tempo ele foi obstruído pelas areias do deserto. Foi só em 1859 que o engenheiro francês Ferdinand de Lesseps iniciou a construção do canal, que vem sendo ampliado e utilizado desde então até hoje. O Canal de Suez ficou pronto em 1869, bem quando Júlio Verne estava escrevendo *Vinte mil léguas submarinas*.

Para que o *Náutilus* não fosse detectado, Verne imaginou uma solução engenhosa: um túnel natural embaixo do istmo. Como vimos, muitas das ideias dele eram proféticas e se realizaram mais tarde – como a do próprio submarino. No entanto, nem sempre Júlio Verne conseguiu acertar. Hoje, os cientistas já sabem que não existe túnel nenhum embaixo do istmo de Suez.

Em 2014, depois do alargamento e do aprofundamento do Canal de Suez para permitir a passagem de navios maiores e mais modernos, descobriu-se que espécies predadoras vindas do mar Vermelho estavam prejudicando a ecologia do mar Mediterrâneo. Por exemplo, medusas e peixes que liberam toxinas estão envenenando a fauna marinha do leste do Mediterrâneo – além de assustar turistas e intoxicar as pessoas que consomem esses peixes. Essas espécies não passaram de um mar ao outro por um túnel como o imaginado por Verne, mas por cima, pelo próprio Canal de Suez – muitas vezes na água de lastro dos navios.

Como se localizar no planeta Terra

Geógrafos, navegantes e cientistas desenvolveram várias técnicas e sistemas para localizar o ponto exato da superfície do planeta Terra em que nos encontramos. Hoje, quase todas as pessoas conhecem o GPS (sigla da expressão inglesa *global positioning system*, ou seja, sistema de posicionamento global). Se temos o aparelhinho adequado, ele nos dá as coordenadas de onde estamos e indica o caminho para irmos a qualquer lugar (ou quase). Os cálculos do GPS são enviados por satélites artificiais que ficam numa órbita de milhares de quilômetros acima da superfície da Terra.

Um longo caminho foi percorrido até chegar a esse sistema tão utilizado atualmente. Já na Antiguidade os primeiros geógrafos e matemáticos pensaram os conceitos das coordenadas geográficas de latitude e de longitude. Foi imaginado um sistema de linhas paralelas sobre o planeta Terra: as que correm do polo Norte ao polo Sul, traçadas no sentido vertical sobre um mapa ou sobre o globo, são os meridianos e medem a longitude (nossa posição para leste ou para oeste a partir de um determinado ponto). As linhas na horizontal, que se cruzam com essa, são os paralelos e medem a latitude (nossa posição para norte ou para sul).

Acredita-se que foi o pensador grego Hiparco, que viveu no século II a.C., isto é, há cerca de 2.200 anos, quem criou a divisão em graus, minutos e segundos das coordenadas geográficas imaginárias que correm sobre o globo terrestre. Os principais paralelos começam a ser contados a partir da linha que passa sobre o meio da Terra, chamada linha do equador, e vão até 90° (noventa graus) na direção do polo Norte e até 90° na direção do polo Sul. Os meridianos são numerados até 180° para leste e 180° para oeste, e ficou acertado entre os geógrafos que o meridiano em que se inicia a contagem é aquele que passa sobre o observatório geográfico de Greenwich, na Inglaterra; por isso, o meridiano de 0° (zero grau) se chama "meridiano de Greenwich". As linhas dos meridianos vão se afastando, mas se encontram do outro lado do globo; desse modo, os 180° leste e os 180° oeste acabam se encontrando e caindo na mesma linha. Já com os paralelos isso não acontece. A latitude de 90° norte cai sobre o polo Norte e a latitude de 90° sul cai no extremo oposto: o polo Sul.

Ao longo do tempo, foram inventados instrumentos como o sextante, o cronômetro e o astrolábio, para medir a latitude e para encontrar a longitude. Era graças a eles que os marinheiros das grandes navegações não se perdiam nos imensos oceanos em suas viagens pelo mundo. Como vimos, o *Náutilus* também precisava do sextante e dos cronômetros para se localizar. E a sua viagem de vinte mil léguas pode ser acompanhada pelas coordenadas geográficas, que são apresentadas várias vezes ao longo do texto.

Além dos noventa paralelos para sul e noventa para norte, medidos de grau em grau, existem paralelos auxiliares: os trópicos (de Capricórnio e de Câncer) e os círculos polares (Ártico e Antártico), que indicam localizações da Terra ligadas ao movimento que ela faz quando se inclina em relação ao Sol.

A subdivisão dos graus de latitude e longitude em minutos e segundos se escreve como neste exemplo: 31°15'15"N (o que significa trinta e um graus, quinze minutos e quinze segundos de latitude norte) e 136°42'15"L (isto é, cento e trinta e seis graus, quarenta e dois minutos e quinze segundos de longitude leste).

Atualmente os navios utilizam o GPS, mas nunca se esquecem de levar o sextante e cronômetro a bordo, para o caso de surgirem dificuldades para receber os sinais de GPS enviados do espaço pelos satélites artificiais, que dependem das condições atmosféricas.

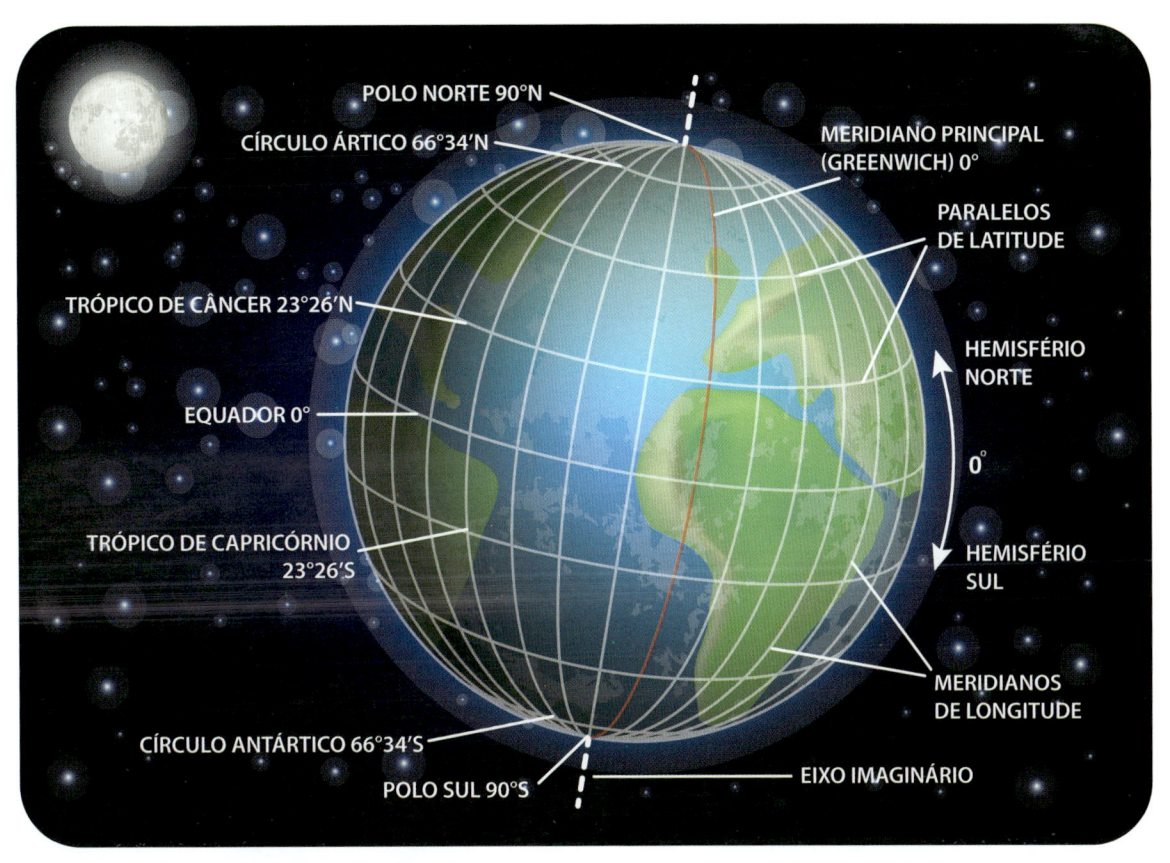

As coordenadas geográficas: este planisfério mostra os principais paralelos e meridianos.

Equinócio

O capitão Nemo chegou ao polo Sul exatamente no momento de um dos dois equinócios que acontecem todos os anos. O equinócio ocorre quando o Sol está a pino sobre a linha do equador terrestre. Quando ele ocorre em março (entre os dias 20 e 22, dependendo do ano), a luz solar passa a incidir mais sobre o hemisfério Norte da Terra a partir dessa data. É o equinócio de outono no hemisfério Sul, onde fica quase todo o Brasil, e coincide com o início da longa noite polar: o polo Sul deixa de receber a luz solar até o equinócio seguinte (o equinócio de primavera no Brasil), que acontece em 22 ou 23 de setembro. A partir dessa data, acontece o contrário: o Sol não é visto no polo Norte durante os seis meses seguintes, enquanto nas regiões polares do hemisfério Sul ele é visto continuamente no céu durante seis meses, apenas mudando de posição de acordo com o dia e a hora.

Os equinócios também marcam uma mudança de estação do ano: no de março, inicia-se o outono no hemisfério Sul, onde os dias vão ficando cada vez mais frios, até o inverno. Nesse mesmo dia, começa a primavera no hemisfério Norte. No de setembro, acontece o contrário: é o início da primavera no hemisfério Sul e o começo do outono no hemisfério Norte.

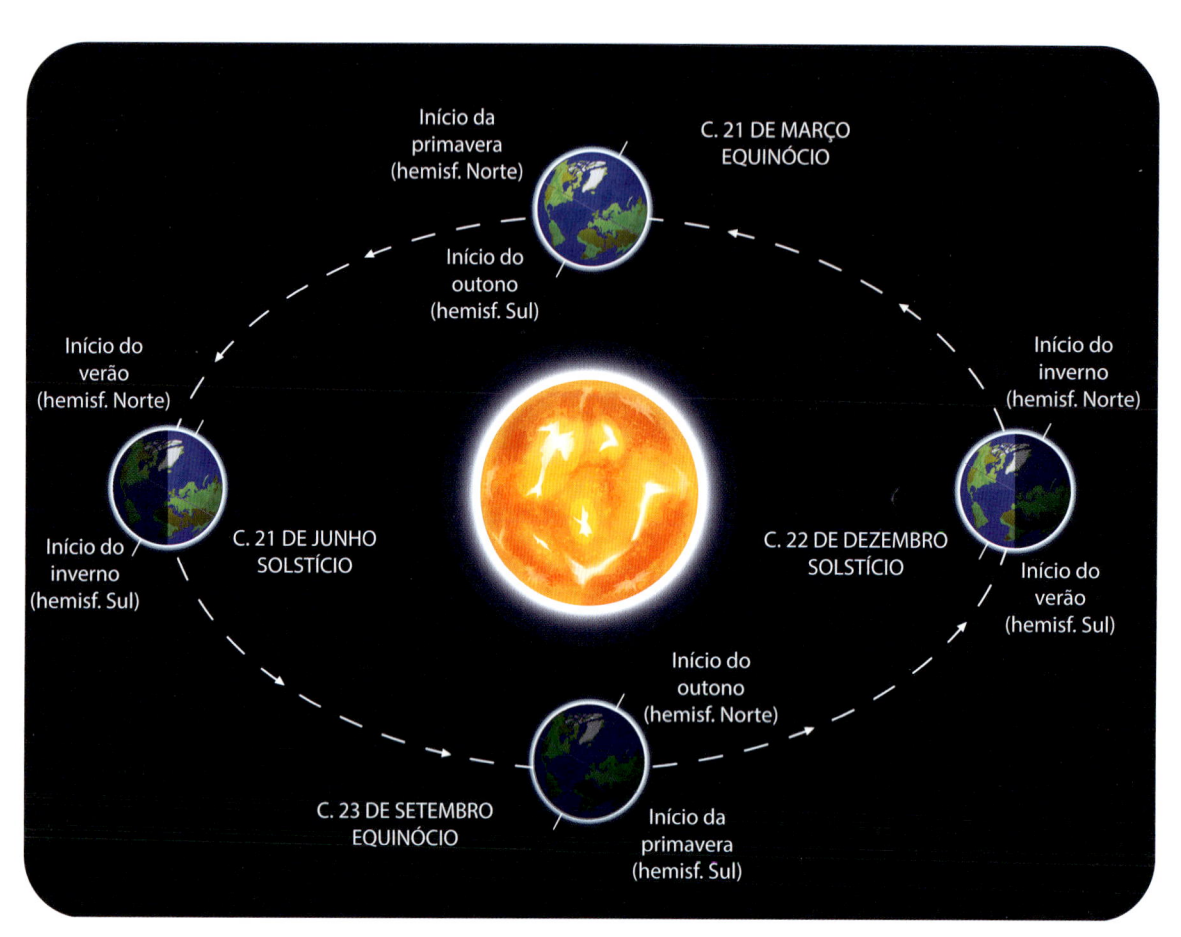

Nos equinócios, que ocorrem duas vezes por ano, os raios de Sol incidem igualmente no hemisfério Norte e no hemisfério Sul. Em março, quando o *Náutilus* chegou ao polo Sul, é o equinócio de outono no hemisfério Sul e o equinócio de primavera no hemisfério Norte. O eixo da Terra se inclina para um lado e para o outro enquanto ela se move em volta do Sol. Quanto atinge a inclinação máxima, ocorrem os solstícios. Por volta de 21 de junho, o Sol bate a pino sobre o trópico de Câncer, e começa o verão no hemisfério Norte e o inverno no Sul. E perto de 22 de dezembro o Sol incide direto sobre o trópico de Capricórnio: aí é no hemisfério Sul que ocorre o solstício de verão, e no Norte começa o inverno.

Polos geográficos e polos magnéticos

O mundo gira em torno de um eixo imaginário, uma linha que corta o globo entre o norte e o sul, passando pelo centro do planeta Terra. Os polos são as duas extremidades do eixo na superfície do globo: o que fica na parte de cima dos mapas e dos globos é o polo Norte; o que está na parte de baixo é o polo Sul. Esses são os chamados polos geográficos.

No entanto, a Terra tem outros dois polos Norte e Sul: são os polos magnéticos. Eles não ficam longe dos polos geográficos. As agulhas magnéticas das bússolas se viram na verdade para o polo magnético Norte, não para o polo geográfico Norte. Isso porque a Terra tem um campo magnético. É como se o nosso planeta fosse um ímã gigante, com dois polos, positivo e negativo.

Um fato intrigante é que depois de intervalos de um ou mais milhões de anos os polos da Terra se invertem: o polo magnético Norte se torna o polo magnético Sul e vice-versa. Quando isso ocorrer novamente, as bússolas passarão a apontar na direção oposta àquela que indicam hoje. Muitos cientistas acreditam que essa troca já começou: os polos geográficos estão se movendo mais rapidamente que nos séculos anteriores, o que pode indicar uma troca de polaridade nos próximos milhares de anos. Há muita controvérsia: alguns estudiosos pensam que a Terra terá de enfrentar algumas calamidades climáticas por causa disso; outros acham que a mera troca de polaridade afetará muito pouco a nossa vida.

Classificação de animais e plantas

O personagem Conseil não pode ver um animal ou uma planta que logo trata de classificá-lo. Em biologia, é importante identificar e classificar cada espécie dos seres vivos – e também dos animais e plantas extintos –, dando um nome completo específico para cada um deles. Os cientistas têm um nome para o ramo das ciências que faz essa classificação: é a taxonomia.

Entre os sistemas de classificação criados pelos cientistas, o mais difundido é o criado em 1758 pelo biólogo sueco Carl von Linné, mais conhecido como Lineu. Adaptações desse sistema foram feitas ao longo do tempo, tendo em vista principalmente as descobertas de cientistas como Jean-Baptiste Lamarck e Charles Darwin no século XIX.

Vamos lembrar, como exemplo disso, o modo como Conseil classificou a arraia que lhe deu um choque elétrico: "classe dos cartilaginosos... ordem dos condropterígios... de brânquias fixas... subordem dos seláquios, família das raias... gênero das tremelgas". Hoje, a forma mais empregada para classificar os seres vivos e extintos é diferente da que se usava no tempo de Conseil. A arraia chamada de tremelga, por exemplo, é atualmente classificada deste modo: reino animal, filo dos cordados, subfilo dos vertebrados, classe dos condrictes (peixes cartilaginosos), subclasse dos elasmobrânquios, superordem dos batoídeos, ordem dos torpediniformes, família dos torpedinídeos, gênero *Torpedo* e espécie *T. torpedo*. Para simplificar, Lineu também criou um nome científico de duas palavras, o "nome binomial", para descrever cada espécie. Assim, a arraia que leva o nome popular de tremelga é conhecido cientificamente como *Torpedo torpedo*. No entanto, como o choque da tremelga chega a 200 volts, não sendo tão forte assim, o mais provável é que Conseil tenha entrado em contato com a arraia-treme-treme, que pode fazer uma pessoa desmaiar com seu choque. A treme-treme, prima da tremelga, tem o nome científico de *Narcine brasiliensis*.

No entanto, outra mudança mais expressiva foi proposta na classificação dos seres vivos. Antigamente, tudo o que existe na natureza só podia ser classificado num destes três reinos: o animal, o vegetal e o mineral, e era esse o sistema seguido por Conseil. Cada ser vivo era, portanto, animal ou vegetal.

Um caso muito importante, para quem leu *Vinte mil léguas submarinas*, é o das algas. Elas eram consideradas plantas no século XIX, e, portanto, Conseil as via dessa forma. Atualmente, nem todas as algas são consideradas plantas.

Com o aperfeiçoamento das técnicas de pesquisa e análise, os cientistas concluíram que alguns seres vivos podem fazer parte de reinos próprios, não necessariamente o vegetal nem o animal. Assim, eles passaram a ser classificados em cinco reinos: o dos animais, o das plantas, o dos fungos (em que entram os cogumelos), o reino protista (das algas de uma só célula e dos protozoários) e o reino monera (das bactérias e das cianofíceas, também chamadas "algas azuis"). Com isso, muitas algas, que têm sempre papel de evidência em *Vinte mil léguas submarinas*, são hoje classificadas no reino protista ou, em casos específicos, no monera. No entanto, as algas pluricelulares, também chamadas "algas verdes", que têm relação mais próxima com as plantas terrestres, ainda são consideradas parte do reino das plantas. Alguns biólogos também estudam a possibilidade de reagrupar as algas num único reino à parte, o reino das algas.

Como podemos ver, o processo científico está sempre sujeito a mudanças e aperfeiçoamentos, de acordo com as novas teorias e as novas descobertas.

Atlântida, um continente mitológico

Há 2.400 anos, mais ou menos, o filósofo Platão, nascido em Atenas, na Grécia antiga, escreveu sobre a lenda de uma imensa ilha que tinha afundado, nove mil anos antes, no oceano Atlântico.

Segundo a mitologia, no passado a deusa Atena e o deus Posêidon tinham disputado o título de padroeiro de uma nova e importante cidade grega. Atena venceu, e a cidade passou a se chamar Atenas. Como prêmio de consolação, Posêidon, que já era o deus dos mares, ficou com a grande ilha oceânica. Nela, morava uma jovem chamada Clito. O deus se apaixonou por ela, e tiveram cinco pares de filhos gêmeos. O mais velho se chamava Atlas, e a ilha, grande como um continente, passou a se chamar Atlântida.

Segundo a lenda, os atlantes, que eram descendentes de Atlas e governavam a ilha, construíram uma civilização muito avançada para a época, próspera, com leis justas. Com o tempo, sentindo-se poderosos, tentaram dominar o mundo e chegaram a ameaçar Atenas, a cidade principal do mundo grego. A arrogância e a corrupção cresceram entre os atlantes, e os deuses decidiram castigá-los. Depois de uma explosão vulcânica, durante um maremoto imenso, a Atlântida afundou no oceano em um dia e uma noite.

Bem mais tarde, depois que Cristóvão Colombo e outros europeus chegaram à América, alguns escritores, tentando explicar a origem dos indígenas, supuseram que eles fossem descendentes de habitantes da Atlântida que tinham se salvado da destruição do continente – mas a ideia logo foi descartada como estapafúrdia.

Os cientistas nunca encontraram nenhum sinal de um continente e uma civilização submersos no meio do oceano Atlântico. Os estudos feitos pelos geólogos concluíram que, desde o surgimento do homem na Terra, isso nunca aconteceu com um continente. Mesmo assim, a Atlântida alimenta a imaginação dos artistas: muitos livros, filmes e pinturas foram feitos fantasiando sua história.

Acredita-se que Platão estivesse se referindo a uma história, já antiga na época dele, de um vulcão que explodiu, fazendo submergir quase toda a ilha de Santorini e sua civilização, no leste do mar Mediterrâneo. Santorini ficava no centro do

antigo mundo grego – e o *Náutilus* passou bem junto a ela. Lá, ainda hoje existem fontes termais onde a água ferve nas profundezas, como vimos em *Vinte mil léguas submarinas*. O relato da visita do capitão Nemo e do professor Aronnax à suposta Atlântida foi criado pela imaginação fértil de Júlio Verne. São justamente essas ideias vertiginosas que fazem de seus livros as grandes obras que são.

Os geólogos calculam que a explosão do vulcão de Santorini, há uns 3.500 anos, foi uma das mais violentas que já aconteceu desde que a Terra é habitada pelos seres humanos. A Santorini que sobrou é na verdade um conjunto de ilhas, um arco vulcânico de 40 quilômetros de largura. Veja (na foto da página anterior) como lembra a boca de um vulcão no meio da água. Lá vivem mais de 15 mil habitantes em aldeias pitorescas (como a da foto desta página), que recebem milhares de turistas todos os anos.

Hidra

É bastante comum os livros modernos se referirem a mitos gregos da Antiguidade, e não só à lenda da Atlântida. Em *Vinte mil léguas submarinas*, há uma referência interessante à Hidra, um monstro com corpo de dragão e nove cabeças de serpentes grandes que foi morto por Hércules, num de seus doze trabalhos mais famosos. Essa história está contada, por exemplo, no livro *A saga de Hércules*, de Silvana Salerno. Em *Vinte mil léguas submarinas*, Júlio Verne compara os tentáculos dos polvos imensos que atacam o *Náutilus* às cabeças da Hidra que vivia em Lerna.

Quanto tempo vivem as baleias?

Ned falou em mil anos. Será que elas chegam a tanto?

Ainda é difícil acompanhar a vida de uma baleia do nascimento à morte para chegar a uma conclusão. Pelas observações feitas até agora, uma baleia pode viver de trinta a oitenta anos, de acordo com a espécie. Há quem diga que a maior delas, a baleia-azul, chega aos noventa. Com base nas lendas dos inuítes, povo da região ártica, alguns escritores dizem que a baleia-da-groenlândia pode passar dos duzentos anos – desde que não seja morta antes pela ganância humana, claro.

Se não podemos ainda medir com certeza a extensão da vida delas, pelo menos conseguimos saber que tamanho atingem. É impressionante: a baleia-azul é o maior animal já surgido na Terra, maior até do que os maiores dinossauros. Pelo menos até agora, não se descobriram fósseis de nenhum animal que fosse maior que ela. Essa espécie de baleia pode chegar a atingir trinta e três metros de comprimento e a pesar mais de cento e quarenta toneladas.

Mesmo sendo os maiores animais do planeta, as baleias se alimentam de plantas e animais bem pequenos. Isso porque, ao contrário de seus primos cachalotes, não têm dentes, mas uma estrutura de ossos bem fina na boca, como um pente, chamada de barba ou barbatana. Enquanto nada, a baleia engole bastante água. Depois, fecha a boca, filtrando o alimento pela barbatana: a água sai, e fica o plâncton, formado por algas, peixes e outros seres marinhos minúsculos, mas muito nutritivos.

É bem diferente do que acontece com os cachalotes, que chegam a atingir 26 metros de comprimento e perto de 100 toneladas de peso – e que vivem até oitenta anos, pelo que se acredita. Os cachalotes têm dentes; na verdade, são os maiores animais com dentes que existem no globo. E são vorazes: comem até mais de 2 toneladas de alimento por dia. Que alimento? Lulas-gigantes, peixes e até outros cetáceos, como as baleias. A história do cachalote Moby Dick, escrita por Herman Melville, revela a que ponto pode chegar sua audácia e coragem.

Infelizmente, a caça à baleia e ao cachalote poderá levar à extinção esses animais, que são um dos maiores patrimônios do nosso planeta. A perda de qualquer ser vivo da cadeia alimentar poderá prejudicar um dia a nossa própria alimentação, como seres humanos.

Aves que passam meses ou anos no mar

O professor Aronnax se encanta não só com os seres que vivem debaixo da água, mas também com os que voam acima dela. Há pássaros como o albatroz, que fica até três anos (ou mais) no mar, sem pousar em terra firme, antes de voltar ao lugar em que nasceu para se reproduzir. Para descansar, ele pousa na água quando o clima não está bom para voar, ou seja: quando ocorrem ventanias fortes ou tempestades. Assim, como pode passar dias voando ou planando, acredita-se que pode dormir enquanto está no ar. Alguns cientistas pensam que esses cochilos duram apenas alguns segundos; outros acham que aves desse tipo dormem só com metade do cérebro, enquanto a outra metade fica alerta. Como vemos, nem mesmo a ciência conseguiu até hoje chegar a uma conclusão definitiva sobre o assunto, por causa da dificuldade de fazer uma pesquisa desse tipo.

Além dos albatrozes, outras aves marinhas parecem voar dias ou semanas sem pousar; entre elas estão os petréis, os pássaros chamados fragatas e os andorinhões--pretos.

Também se acredita que muitos cetáceos (baleias, cachalotes, orcas, golfinhos) podem nadar até três meses sem dormir ou tirando apenas pequenos cochilos. E, também nesses casos, alguns cientistas concluíram que eles podem ficar com metade do cérebro acordada enquanto a outra metade descansa.

Bombordo e estibordo

Bombordo é o lado esquerdo da embarcação, quando se olha de trás para a frente; estibordo (ou boreste) é o lado direito.

Atol

O *Náutilus* passa por várias formações de coral, entre elas o atol de Vanikoro. Os atóis são responsáveis por algumas das paisagens mais belas do mundo. Eles se formam quando o coral vai se depositando nas encostas submersas em redor de uma ilha oceânica, geralmente um antigo vulcão submarino. Com o tempo, o anel de coral em volta da ilha vai crescendo até chegar à superfície da água. E assim se forma a linda paisagem descrita em *Vinte mil léguas submarinas*: "um antigo vulcão submarino que se eleva sobre o nível do mar, com florestas nas encostas. Em redor, existe uma laguna de água verde brilhante e claríssima. Cercando a laguna, há um atol, um anel de coral coberto em parte pela vegetação, que vai se depositando na parte submersa da ilha. E, depois do coral, num contraste esplendoroso de cores, o azul profundo do oceano. O todo forma uma cena inigualável".

Paul Cizek

Bora Bora, na Polinésia Francesa, que fica no oceano Pacífico, é considerada por muitas pessoas a ilha mais bonita do mundo. Ela é rodeada por uma bela faixa de coral, o atol.

Às vezes, a montanha em que o coral se depositou está inteiramente embaixo da água. Nesses casos, o atol tem apenas a laguna em seu interior, à superfície.

3. O escritor que viajava sem sair do lugar

Júlio Verne é como chamamos o escritor francês Jules Verne, aportuguesando o seu nome. Verne era um visionário, isto é, uma pessoa que tem uma visão do mundo que está além do que podemos imaginar em nosso simples cotidiano.

Verne nasceu em 8 de fevereiro de 1828, na cidade francesa de Nantes. Desde menino, sua imaginação fértil sonhava com grandes viagens e aventuras. Já aos onze anos de idade, quis se apresentar ao capitão de um navio, pensando em se tornar marinheiro, mas foi impedido pelos pais. Inconformado com essa proibição, jurou a si próprio que inventaria muitas viagens na imaginação.

Perto do fim da adolescência, depois de muitas discussões com o pai, que também acreditava que a profissão de escritor não garantiria o seu futuro, Verne foi estudar na faculdade de direito, em Paris. Tornou-se advogado, como o pai, mas em pouco tempo começou a publicar poesias e narrativas de viagens científicas numa revista.

Em 1863, por sugestão de um editor, escreveu o romance *Cinco semanas em balão*, cheio de aventuras e baseado no relato de uma viagem pela África publicado pouco tempo antes.

O sucesso foi imediato... e imenso. Assim, Júlio Verne logo publicou outras obras repletas de peripécias, numa série de livros que levava o título de "Viagens extraordinárias". Com 35 anos de idade, ele podia dedicar-se apenas a escrever. Fez isso durante mais de quarenta anos, e acabou publicando 62 romances nessa série.

Durante a época em que Júlio Verne escreveu, no século XIX, ocorreu um imenso progresso nas atividades humanas. Os meios de transporte, em especial, conheceram um avanço espetacular. O desenvolvimento de motores a vapor e a carvão, cada vez mais potentes, tornou mais velozes as viagens marítimas: os navios deixavam de contar apenas com o impulso do vento a soprar em suas grandes velas. Além disso, ferrovias foram rapidamente construídas em todos os continentes.

Nos anos seguintes ao lançamento de *Vinte mil léguas submarinas*, outros grandes avanços foram o início do uso prático da eletricidade, com a invenção da lâmpada elétrica – e muitos outros inventos, como a antena, o telefone, o telégrafo e o cinema, entre muitos outros. A propósito: essas inovações já apareciam nos livros de Verne antes de terem sido inventadas. Nesse período também se multiplicaram as viagens de reconhecimento dos povos e territórios mais remotos.

Ao fazer a pesquisa para escrever suas obras, Júlio Verne lia todos os relatos de viagens e de progressos científicos que surgiam. Com muita imaginação, e sem ter viajado para quase nenhum dos lugares descritos em seus livros, criou obras como *Viagem ao centro da Terra*, *Vinte mil léguas submarinas*, *A volta ao mundo em oitenta dias* etc., cativando milhões de leitores. Até uma viagem imaginária pela Amazônia foi o tema de um dos seus sucessos, o livro *Jangada*.

Para satisfazer a fome e a sede de instrução típicas dessa época de grandes descobertas, Júlio Verne fez papel de professor com os seus livros, incluindo neles as informações científicas mais avançadas – além das doses sensacionais e generosas de emoção, aventura e suspense. Isso tudo, como vimos, além de imaginar e apresentar inventos e viagens que só se tornaram possíveis muito tempo depois – ou que ainda nem sequer se realizaram, como em *Viagem ao centro da Terra*. No livro *Da Terra à Lua*, por exemplo, Júlio Verne imagina como seria o primeiro voo espacial do nosso planeta à Lua, situando na Flórida, em 1865, a base de lançamento do projétil que levaria os astronautas até lá. Pois bem, o primeiro foguete a levar seres humanos até a Lua foi lançado 104 anos depois de ele ter escrito esse livro, ou seja, em 1969 – e a base de lançamento foi justamente na Flórida, nos Estados Unidos, como Verne tinha imaginado mais de um século antes!

As pessoas que viajavam diziam que os lugares conhecidos por elas estavam mais bem representados nos livros de Júlio Verne (que só os conhecia de ler sobre eles) que nos relatos de viagem frios e objetivos daqueles primeiros turistas. Em resumo, Verne mais sonhou que viajou. E como sonhou...! Em todos os seus livros os heróis cometem ousadias supremas. O capitão Nemo é um exemplo disso.

Nemo luta contra a injustiça e é apresentado como uma pessoa correta, porém sua revolta é tamanha que ele acaba perdendo as medidas de sua sanidade e se torna também injusto em sua vingança insana. Verne nos leva a refletir, por meio de Nemo: se existem sempre injustiças, qual seria a melhor forma de lutar contra elas?

Aos 43 anos de idade, o grande escritor foi viver perto do mar, na cidade de Amiens, que fica no norte da França. Três anos depois comprou seu primeiro barco e, mais tarde velejou por grande parte do litoral norte da Europa e foi, também, até o norte da África. E aproveitou para escrever muito a bordo dos três veleiros que teve. Foi em Amiens que Júlio Verne morreu, em 24 de março de 1905, aos 77 anos.

Considerado um dos mestres da literatura, Verne é lido por um imenso público que adora seus livros. Uma pesquisa feita pela UNESCO (Organização da ONU para a Educação, a Ciência e a Cultura) revelou que suas obras já foram traduzidas para mais de cem línguas!

Biografia do recontador

Fernando Nuno

Desde criança, Júlio Verne era um dos meus autores favoritos: obras como *A volta ao mundo em oitenta dias*, *Viagem ao centro da Terra* e, claro, *Vinte mil léguas submarinas* me faziam sonhar com aventuras. As adaptações desses livros para o cinema também alimentaram o meu desejo de conhecer o mundo.

A leitura de Júlio Verne me estimulou a fazer muitas viagens, tanto pela geografia do mundo como pelo universo dos livros. Já trabalhei na edição de mais de três mil obras, mas meu grande prazer é recontar aos novos leitores os clássicos, aqueles livros que nunca perdem o valor.

Os volumes da coleção *Correndo Mundo* já receberam a distinção Altamente Recomendável da Fundação Nacional do Livro Infantil e Juvenil (FNLIJ), foram finalistas do Prêmio Jabuti e entraram para o catálogo da Feira do Livro Infantil de Bolonha, na Itália.

Soud

Eu nasci no Rio de Janeiro e há muitos anos moro em São Paulo. Ilustro para variados setores, inclusive produções de cinema e TV.

Para mim foi uma alegria poder ilustrar o clássico *Vinte Mil Léguas Submarinas* por meio de técnicas digitais, em que utilizei mesa digitalizadora e softwares de pintura.

Já ilustrei livros no Brasil e no exterior. Recebi os prêmios Abril de Jornalismo, nas categorias Destaque e Melhor Desenho, e o título de Altamente Recomendável pela Fundação Nacional do Livro Infantil e Juvenil (FNLIJ). Nos EUA, fui indicado aos prêmios NAACP – Image Award for Outstanding Literary Work – Children e ao Gold Medal recipient for Mom's Choice Awards, pelo livro *Say a Little Prayer* da cantora norte-americana Dionne Warwick. Também fui integrante do conselho diretor da SIB – Sociedade dos Ilustradores do Brasil.